Pierre Dagon

I0680271

Cthulhu dégage

Nyarlathotep arrive

Cycle Jean Calmet Tome 8

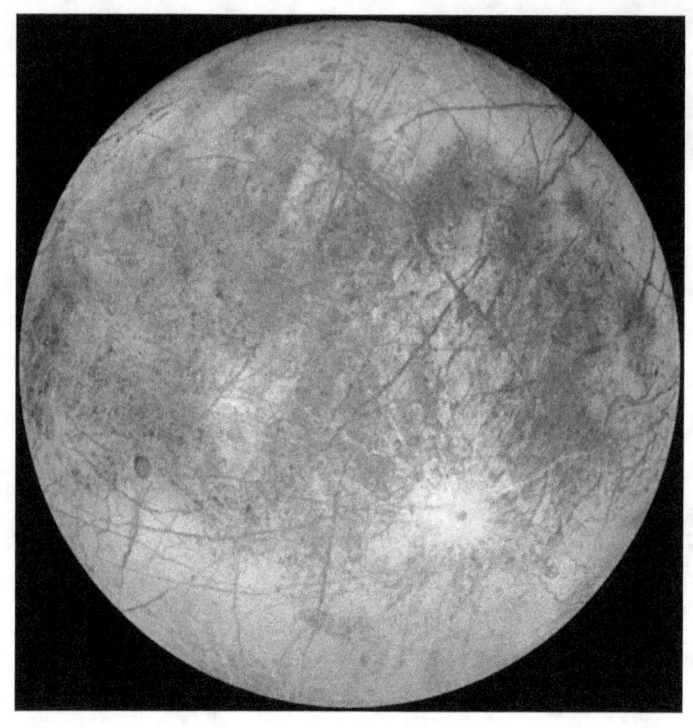

Europa satellite de Jupiter

© **Pierre Dagon 2019**
Illustrations de l'auteur
ISBN 978-2-915512-34-2

Dieu établit dans le Soleil son tabernacle… (Psaume 18)

Ce qui a de plus pitoyable au monde, c'est, je crois, l'incapacité de l'esprit humain à relier tout ce qu'il renferme. Nous vivons sur une île placide d'ignorance, environnée de noirs océans d'infinitude que nous n'avons pas été destinés à parcourir bien loin.
Howard Phillips Lovecraft
Dans « L'appel de Cthulhu »

Cthulhu fhtagn !

Ph'nglui nglw'nafh Cthulhu R'lyeh
wgah'nagl fhtagn
(du fond de son tombeau à R'lyeh,
Cthulhu rêve et attend.)

47°09' latitude sud & 123°43' longitude ouest

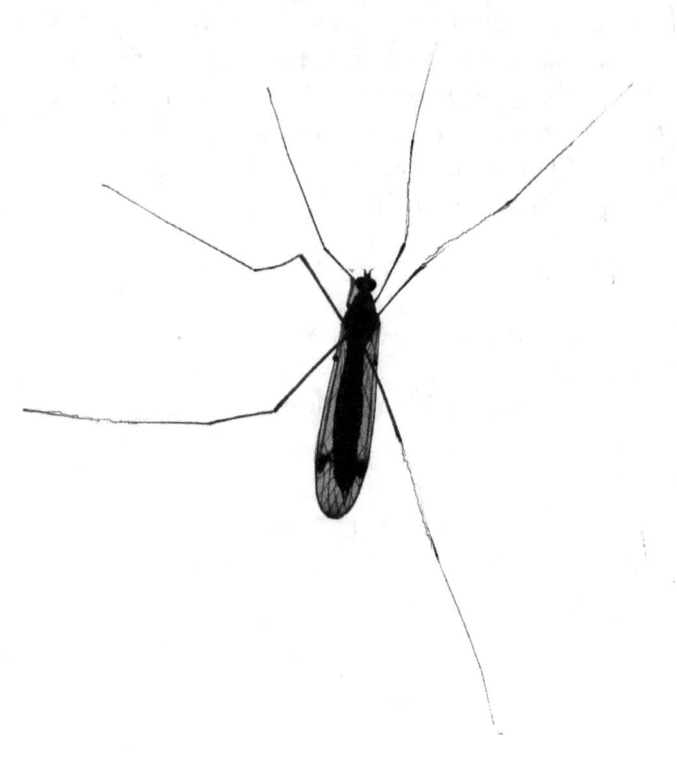

PREMIÈRE PARTIE
L'AMOUR À MORT

Le Train

L'aiguilleur

Tout le monde sait que l'aiguilleur existe. Mais personne ne sait où il se tient. Personne ne l'a jamais vu. Pourtant c'est lui qui trace la destinée du train en bougeant tout simplement quelques manettes pour que la continuité de la voie se réalise selon son bon vouloir.

Si vous pouviez "apercevoir" l'aiguilleur, vous verriez un homme maigre et assez grand assis devant ses manettes, les mains au bout de ses longs bras serrées sur les poignées.

Vous aurez du mal à distinguer ses traits. Avec un effort, en pinçant les yeux vous lui attribuerez les traits de celui que votre inconscient aura voulu vous montrer. Retenez bien le visage que vous aurez vu, car il marquera votre destin.

L'aiguilleur est celui qui trace la voie.

La fille

La fille était jolie. Très jolie. Très sexy et très glamour. Autrefois, quand elle savait encore le faire, ou plutôt quand elle avait de bonnes raisons de le faire, autrefois, quand elle souriait, son sourire éclatait de lumière, il illuminait les cœurs, une vraie clarté solaire.

Aujourd'hui, elle priait l'aiguilleur. Elle attendait le train.

Elle priait l'aiguilleur de le faire passer ici, devant le quai où elle attendait.

Le conducteur

Le train, ce monstre de métal qui soufflait fumée et nuages de vapeur, était conduit par un homme soucieux. Cet homme aimait la fille. Mais, bien qu'il conduisît le train, il savait que l'aiguilleur décidait de son trajet.

Il chargeait le foyer avec de grandes pelletées de charbon. La cheminée de la locomotive crachait une fumée noire en haletant. Il venait de faire le plein d'eau et se préparait à faire démarrer la machine quand la vapeur aurait atteint la pression nécessaire.

Il envoya la vapeur dans les pistons et les bielles qui entraînent les roues entamèrent brutalement leur mouvement les faisant déraper, acier contre acier.

Puis l'énorme machine s'ébranla conduite par un être humain à la chair fragile et à la conscience tourmentée.

Là-bas quelque part, l'aiguilleur avait déjà tracé la voie en poussant un des leviers des aiguillages. En grinçant, une double bretelle de rails se déplaça pour que le train prenne la voie que l'aiguilleur avait choisie pour lui.

Le conducteur sentait battre son cœur : il espérait tant que le train entre en gare où se trouve le quai sur lequel attendait la fille.

Le train entre en gare

Personne ne saurait dire pourquoi l'aiguilleur choisit la voie qui passait devant le quai de la fille.

Quelques heures après son départ, le train entra dans cette gare en mugissant, dans un énorme bruit de vapeur et de ferraille. Le conducteur avait déjà freiné et, des roues bloquées, giclaient des gerbes d'étincelles dues au frottement de l'acier des roues sur l'acier des rails.

Là-bas au loin, au bord du quai, le conducteur apercevait la silhouette de la fille. Il avait le cœur qui battait fort, au même rythme que le halètement de la machine.

La fille avait entendu le train avant même de l'apercevoir. La vibration d'un train est transmise par les rails. Son cœur à elle aussi se mit à battre la chamade.

Quand elle aperçut au loin le groin de la locomotive surmontée du panache de fumée et traînant derrière elle des escarbilles rougeoyantes, dans une traînée de feu comme la queue d'une comète, elle éclata de joie. Son sourire lumineux chassa les ténèbres de la gare.

Le train défila devant elle dans un bruit d'enfer, mélange des bruits de jets de vapeur, de grincement d'acier et de protestation de la machine tous freins serrés.

Elle aperçut son amant qui lui faisait de grands signes auxquels elle répondit.

La machine conductrice passa devant elle. La fille se tourna dans le sens de la marche pour suivre son homme dont le torse dépassait de la cabine. Il lui faisait toujours de grands signes.

Le train s'arrêta enfin dans un crissement assourdissant.

Elle se mit à courir sur le quai pour rejoindre l'avant du train.

L'aiguilleur avait décroché un énorme téléphone et avait prononcé quelques mots, puis raccroché.

Quelques instants après, la fille qui courait toujours le long du quai pour longer le très long train, aperçut un groupe de soldats dirigés par un prêtre et un officier de police qui venaient à sa rencontre d'un pas décidé.

Elle aperçut au loin son amant, le conducteur, descendre de la locomotive.

« Halte là ! » S'exclama le prêtre une fois arrivé à quelques mètres d'elle. Elle reconnut les attributs d'un grand inquisiteur. Cela n'augurait rien de bon ; elle obtempéra et s'arrêta brutalement. Elle faillit tomber en avant. Son sourire avait disparu et les ténèbres envahirent de nouveau la gare. Le halètement du train était devenu un souffle au rythme très lent. Elle tentait de voir par-dessus les épaules du prêtre et des soldats pour apercevoir son amant.

« Femme ! L'aiguilleur a amené le train vers toi pour te mettre à l'épreuve ; tu ne devais pas tenter de voir ton amant. Tu as péché. Mais dans sa grande mansuétude, l'aiguilleur va encore te donner une chance. »

Le grand inquisiteur tendit la main vers l'officier de police qui lui donna une paire de menottes et la clé pour les ouvrir.

« Voici pour toi ma belle, suis-nous au bout du quai où tu t'attacheras toi-même. »

Tout le monde fit demi-tour au moment où le conducteur arrivait.

Ce dernier appela la belle d'un air désespéré :

« Ne les écoute pas.

N'écoute que ton cœur !

Ce n'est pas ta loi

c'est la leur !… »

Les soldats s'emparèrent de lui. Il lutta pour leur résister. Ils le frappèrent à coups de crosse sur le crâne. Le sang dégoulina sur son visage. Mais il refusait toujours d'obéir.

La fille pleurait à chaudes larmes. Les ténèbres s'assombrirent encore dans la gare. Seuls les soldats, le policier, le prêtre et les amants restaient sombrement éclairés. Comme dans un tableau de Bruegel, les ombres des hommes d'armes se déformaient pour devenir d'horribles créatures.

La fille se soumit au diktat de la loi.

Arrivée au bout du quai sous bonne escorte elle s'enchaîna à un poteau d'éclairage.

L'aiguilleur l'avait condamnée à regarder passer le train, enchaînée et soumise.

Le conducteur remonta dans sa machine sous la menace des armes. Il fut contraint de démarrer dans un bruit d'enfer.

La bande armée disparut comme par enchantement. Seule la fille restait sur le quai en regardant défiler interminablement les wagons dans un fracas métallique.

Le conducteur, le visage ensanglanté, n'en restait pas moins résolu. Il n'abandonnerait pas.

Il attendrait que l'aiguilleur le fasse repasser par cette gare. Il reverrait sa maîtresse. Il la convaincrait de se détacher avec la clé que lui avait remise l'inquisiteur. Elle monterait alors avec lui et ils pourraient se diriger vers le pays où l'amour est roi, où l'amour est loi, où elle serait reine1…

Il ne tenait qu'à elle de ne pas obéir à la loi des hommes et d'obéir à la loi de l'amour.

---

[1] D'après une chanson de Jacques Brel

Le Sang de Giglio Fava

Une aventure de Jean Calmet

La fille était très jolie. Jeune et jolie. Elle avait perdu son frère jumeau à Rome.

« Que faisiez-vous à Rome ? » Questionnai-je, à la limite de la curiosité malsaine.

« Cela ne vous regarde pas ! répliqua-t-elle.

— Mais, si je dois mener une enquête sur cette "disparition", je dois tout savoir...

— Un voyage touristique et culturel ; entre frère et sœur. »

Le marché fut conclu. Elle me paya bien pour un voyage à Rome et une enquête de routine en somme.

Après sa disparition, les carabiniers avaient remis les affaires du jeune homme à sa sœur. Comment s'appelait-il au fait ? « Arthur Gauvin » m'avait-elle répondu d'un ton sec. Et elle ?

« Bretagne !

— Comme la province ?

— Oui ! Comme ! »

Aussi belle que cette belle région française, âpre et envoûtante, tendre et dure, un beau visage ovale aux grands yeux marron foncé qui semblaient voir à travers mon corps jusqu'au bout de mon âme. Attirante et intimidante. Quel âge pouvait-elle avoir ? Jeune, c'est sûr, mais très mûre aussi. Ses cheveux châtains, brillants et *souples, encadraient un visage à la très forte personnali*té. De la jupe du tailleur noir sortaient de longues jambes soyeuses dans leurs bas noirs, jambes qu'elle croisait amoureusement en balançant très légèrement le pied de celle du dessus. Cette féminité était rendue fatale par son complément, une présence très virile dans son langage et ses expressions, mais aussi dans son corps par ses larges épaules contrariant une taille fine, bien moulée dans la veste qui retombait effrontément sur ses hanches rondes. Donc, elle m'avait remis les affaires de son frère. Des vêtements et un dossier concernant un congrès auquel il participait au moment de sa disparition. J'avais feuilleté ce dossier, au demeurant peu intéressant, à part la presse romaine qui traitait, souvent sur un ton dramatique, du problème des brigades rouges. La « Repubblica » datée du dimanche 30 et lundi 31 mars 1980, publiait une déclaration du ministre libéral Zanone qui refusait l'ouverture aux communistes. La page suivante offrait une mauvaise caricature de Georges Marchais disant : « Nous, du PCF, défendons le socialisme réel, mais aussi le socialisme irréel. » (« Noi del PCF siamo possibilisti : difendiamo il socialismo reale, ma anche quello irreale »)...

Bref, mon premier boulot était de prendre contact avec les personnes dont je trouverais le nom dans le dossier. Le congrès me sembla peu productif en soi pour des pistes sérieuses.

Lorsque je pus me libérer pour me rendre à Rome, je terminais une autre affaire à Lyon et dus me taper l'escale à Nice avec le vol qui n'est pas direct au départ de l'aéroport de Satolas.

Juste avant l'atterrissage sur le petit aéroport méditerranéen, on a l'impression que l'on va plonger dans la mer quand, soudain,on ressent la secousse des roues du train d'atterrissage sur la piste pendant que l'on ne voit toujours que la mer à droite...

J'avais déjà connu cela à l'aéroport Kennedy de New York...

Après une petite promenade sur la plage, l'heure du départ pour Rome arriva et l'avion décolla sous un soleil magnifique, contrairement à Lyon sous la brume. Quelque temps après, je vis au loin un magnifique spectacle : des neiges immaculées sur le fond bleu vif de la mer et du ciel. La Corse.

L'avion survola le Cap-Corse, pointe nordique de l'île de beauté, île aux parfums sauvages, mosaïque géologique baignée par une mer diverse et chatoyante, des rouges falaises de la côte ouest, aux blanches parois crayeuses de Bonifacio et au sable gris de Porto-Vecchio. Je me souvins alors qu'une nuit de juillet, en mer, au large sur le bateau, bien avant d'accoster à Calvi, la Corse s'était annoncée à moi par le parfum du maquis... Cette fois elle s'annonça par sa montagne, diamant étincelant dans l'écrin bleu de l'air et de l'eau.

Dans le dossier d'Arthur Gauvin que je continuais à consulter dans l'avion, je trouvai une page arrachée d'un livre. Une légende dont j'ignorais l'origine. Je me mis à lire :

Des flambeaux illuminaient la salle d'une telle clarté qu'on ne pouvait trouver au monde un hôtel éclairé plus brillamment. Tandis qu'ils causent à loisir paraît un valet qui sort d'une chambre voisine, tenant par le milieu de la hampe, une lance éclatante de blancheur. Entre le feu et le lit où siègent les causeurs, il passe, et tous voient la lance et le fer dans leur blancheur. Une goutte de sang perlait à la pointe du fer de la lance et coulait jusqu'à la main du valet qui la portait. Le nouveau venu voit cette merveille et se raidit pour ne pas s'enquérir de ce qu'elle signifie. C'est qu'il lui souvient des enseignements de son maître en chevalerie : n'a-t-il pas appris de lui qu'il faut se garder de trop parler ? S'il pose une question, il craint qu'on ne le tienne à vilenie. Il reste muet.

Une lance qui saigne ! Jamais entendu parler ! On verrait bien...

Un autre papier comportait juste une adresse sans aucune indication de nom. Il y avait également un vieux livre datant du dix-huitième siècle : « Princesse Brimbilla » de Hoffmann. Je lus quelques passages. Il n'était question que de carnaval et de déguisements.

Je refermai le livre et m'endormis quelques minutes en pensant : « Je verrai tout cela à Rome ».

Pantalon parlait à messer Bescapi :

— La saignée a bien produit son effet, elle a calmé Giglio Fava.

— Oui. À présent il dort...

— Mais, brave Bescapi, qu'as-tu fait de la robe tachée du sang de Giacinta ?

— Mais cela ne te regarde pas Pantalon !

— Bon, bon... Et le sang de Giglio Fava, celui qui a été recueilli par le chirurgien ?

Alors, un grand masque apparut, couvrant toute la scène.

Ce masque parla, la bouche de chair et de sang et les yeux vides : « Le masque se borne, comme dans la vie quand on s'efforce de saisir le sens d'un discours prononcé dans une langue inconnue, à contrefaire inconsciemment les gestes du modèle qui lui parle...

Le masque se volatilisa dans l'air et Pantalon, en gros plan, hurla en envoyant de gros postillons : « Mais qui se cache derrière le masque ? »

Et messer Bescapi, le tira en arrière en le prenant par l'épaule en criant encore plus fort : « Et le sang de Giglio Fava ? Hein ? Le bol du sang de Giglio Fava.... » et il secouait toujours rudement l'épaule de Pantalon...

« Monsieur, monsieur, réveillez-vous, vous faites un cauchemar ! » Dans l'avion, je m'éveillais péniblement, secoué par une charmante hôtesse...

Je balbutiai quelques excuses en me demandant ce que j'avais bien pu raconter en rêvant. J'essayais d'oublier tout cela lorsque l'avion atterrit à Rome.

Après les bagages, je sortis du bâtiment des passagers en plein soleil. Je posai ma valise pour essuyer mon front. Un type me parla alors, à contre-jour, le soleil m'éblouissant juste par-dessus sa tête :

« Signore Jean Calmet, per piacere ?

— Attendez, tournez-vous par là, car vous m'éblouissez. Là, voilà.. Oui, c'est mon nom.

— La Signorina Bretagne m'a chargée de vous accueillir à votre arrivée à Roma.

— Ah ? Elle ne m'avait pourtant rien dit...

— Tenez. Voici un mot écrit de sa main. »

Il me tendit une enveloppe blanche que j'ouvris devant lui. La lettre, signée Bretagne, me recommandait les bons soins de son porteur. Je décidai de suivre le gars et de rester méfiant.

« Votre nom, c'est comment ?

— Ettore...

— Ettore comment ?

— Ettore ! C'est tout !

— Va pour Ettore Sétou... Où allons-nous ?

— À votre hôtel, en plein centre de la Citta, non loin de la piazza Navone... »

Rome fut belle et accueillante pour mon arrivée. Après avoir posé les bagages à l'hôtel, je rejoignis mon compagnon qui m'attendait à l'accueil.

« Il est temps de déjeuner, dit-il.

— Oui ! Où allons-nous ?

— Suivez-moi. »

Dans la même rue, nous entrâmes dans une trattoria en descendant quelques marches. Nappes blanches. Je m'envoyai un kilo de spaghettis à la bolognaise arrosés d'un Bardolino pas piqué des vers.

Sétou m'expliqua qu'il manquait une pièce au dossier que m'avait donné Bretagne.

« Une photo, dit-il en fouillant dans la poche intérieure de sa veste.

— Une photo de quoi ?

— Je ne sais pas, je ne me suis pas permis de regarder. »

Il me tendit une enveloppe marron. Je la saisis et l'ouvris : j'en retirai une photo en noir et blanc représentant une grande maison, ou plutôt un palais très délabré.

« C'est quoi ce bâtiment ?

— Je ne sais pas, vous dis-je. Elle m'a envoyé cela par la poste en m'écrivant de vous le remettre. Elle précise dans sa lettre qu'il s'agit d'une photo. »

Je retournai le document ; il y avait une inscription à la main au dos ; espèce de gribouillis d'une vieille encre verdâtre, pâlie par le temps. Un ancien document donc.

« Il y a une inscription au dos. Je n'arrive pas à la lire... Voulez-vous essayer ?

— Si vous voulez. »

Il saisit la photo et la regardant au dos, me présenta l'image. Alors qu'il essayait de déchiffrer, un vieux type qui passait derrière moi s'écria : « Palazzo Pistoia ! Piazza Navona ! » Au moment où je me retournais pour regarder l'auteur de cette déclaration, Sétou s'écria : « Voilà ! C'est écrit : piazza Navona ! » Et la voix derrière moi affirma : « Sicuro ! » Mais, quand je me retournai, le vieux type me tournait déjà le dos à quelques mètres, se faufilant entre les tables. Je me levai pour le rejoindre quand un serveur portant un plateau couvert de ces pots en verre au col évasé remplis de vin blanc ambré me coupa irrémédiablement la route en disant : « Scusi ! Signore... » Après quelques contorsions de la part de chacun pour s'extirper de cet embouteillage, le vieux était déjà en haut de l'escalier qui montait de la salle de restaurant à la rue. Je courus en slalomant entre les tables toutes occupées par des convives, escaladai les marches et sortis dans la rue blanche de soleil, éblouissante. Le temps que mes pupilles se ferment suffisamment face à cette luminosité pour voir beaucoup de monde circuler dans la voie étroite, mais pas le vieux.

De retour à la trattoria, je fus très déçu de constater que Sétou m'avait laissé tomber ! En payant la note quand même et en laissant l'enveloppe posée là sur la nappe blanche où elle semblait m'attendre ironiquement. Je sortis la photo et la présentai au garçon. Qui n'avait jamais vu ce bâtiment ! Je me rendis à l'office de tourisme : même réponse.

Enfin, j'avais un indice...

Piazza Navona, je m'arrêtai quelques instants à proximité de la fontaine des fleuves (Fontana dei Fiumi) pour admirer l'ensemble baroque constitué par cette grande place en forme d'arène, celle du cirque que l'empereur Domitien avait fait aménager justement à cet emplacement vers l'an 90. Je scrutais longuement les palais, l'église Sainte-Agnès ; je repartis vers le sud pour regarder le palazzo Braschi... À première vue, aucun bâtiment ne ressemblait à celui de la photo. Je revins admirer la fontaine des fleuves où le Nil se voile la face pour ne pas voir les erreurs commises par l'architecte Borromi sur l'église de Sainte-Agnès... Je m'assis à une terrasse pour pouvoir prendre mon temps à ausculter les somptueuses constructions entourant la place.

Après de longues méditations, en comparant photo et réel, je choisis un petit palais discret. Pourquoi ?

Je quittai ma table de terrasse et approchai de la porte de cette maison sous le soleil brûlant. Une plaque en cuivre portait une inscription : « Palazzo Pistoia » ! Je n'en croyais pas mes yeux ! J'avais trouvé ! Je tendis la main pour pousser la porte qui s'entrouvrit facilement. Je me glissai à l'intérieur. Aussitôt, je fus saisi par une fraîcheur morbide ; contraste violent entre cette glaciale pénombre et la chaude lumière de la place. Je laissais la porte se refermer derrière mon dos. J'étais dans un vaste hall d'entrée, surprenant par ses grandes dimensions alors que la façade de la maison sur la place était très étroite. Je fus presque tenté de ressortir pour vérifier, mais un pressentiment me dit que tout pas en arrière serait irréversible.

Ce vaste hall, dans un désordre indescriptible de débris de maçonneries, de boiseries noircies par le temps et rongées par les vers, d'étoffes pourries, de cuivres vert-de-gris et d'argenteries noircies qui s'accumulaient sur son sol, du plafond duquel tombaient de grandes toiles d'araignées telles de diaphanes tentures auxquelles collait une poussière grise, ce grand vide sale présentait un escalier monumental au-delà de ses détritus. Il fallut, par un véritable parcours du combattant, enjamber, écraser, contourner, écarter des bras, s'essuyer les yeux, avant d'atteindre la première marche. Curieusement, cet escalier était resté, lui, très propre. J'entrepris l'escalade avec une petite appréhension, car l'ambiance était, disons... spectrale. Un silence absolu troublé seulement par le bruit de mes pas et de ma respiration. Au palier, un autre escalier, en bois cette fois, montait, étroit entre deux parois de lambris usés par le temps. Le bois vermoulu craquait sous mes pas. Je craignais qu'il ne cédât sous mon poids, mais poursuivais ma montée qui dura longtemps. À tel point que je me demandais comment ce fût possible étant donnée la hauteur constatée de la maison sur la place. Ces marches m'amenèrent finalement dans un vaste grenier, très encombré lui aussi, silencieux également. Là-bas, au fond, à travers l'obscurité épaisse, un rayon lumineux, blanc et géométrique sortait d'une porte entrouverte. Je traversai ce nouveau capharnaüm pour atteindre cette lumière tant désirée. En m'approchant de la porte, insensiblement, j'entendis de plus en plus fort le son d'une voix. Un homme sifflotant et marmonnant un air de La Tosca ! Je m'approchai alors silencieusement et, le dos contre le mur à côté de la porte, je jetai un coup d'œil à l'intérieur en penchant la tête. Une pièce nue comportait en son centre un miroir sur pied, encadré de bois doré. Le vif rayon lumineux sortait de ce miroir ainsi que le sifflement de La Tosca. La porte poussée du pied, je me présentai devant l'ouverture : personne ; la pièce, de forme cubique était vide, hormis le miroir... Ce rayon lumineux n'était pas réfléchi, non ! car la pièce ne comportait aucune ouverture qui eût laissé entrer le soleil. Il sortait carrément du miroir ! De même que le chant. Cette violente luminosité m'empêchait de voir le reflet dans la glace. Je m'approchais donc clignant des yeux, l'avant-bras posé contre mes sourcils. Debout devant, j'enlevai mon bras et regardai droit dans la glace. Surprise : je n'y vis que mon banal reflet... Mais soudain, un détail me terrorisa : la main droite de ce reflet frottait le menton et son visage souriait ironiquement alors que moi, ma main, poing fermé serrait mon avant-bras gauche et mon visage ne devait pas du tout sourire ! Enfin mon reflet, mais autonome... Tout cela était terrifiant ! Je ne résistai pas et m'écartai de devant le miroir. Une voix en sortit : « Eh ! N'aie pas peur ! Je ne suis que toi. Allez ! Viens face à moi que nous puissions parler ! » Je me plaçai de nouveau face à mon reflet.

« Ah ! Te voilà ! Ne crains rien, ne pouvant sortir d'ici, je ne peux te faire aucun mal... Si tu es venu, c'est que tu es en quête de quelque chose, non ?

— ...

— Mais réponds ! Tu es sourd ? »

Je restais silencieux, fasciné, épouvanté par ce reflet exact de moi-même qui me parlait comme s'il était autre...

Le voilà qui reprend : « Je sais ce que tu cherches » dit-il encore et son bras sortit du champ pour y revenir portant une coupe remplie d'un liquide rouge sang. Du sang ?

« C'est cela que tu cherches ! Le sang de Giglio Fava !

— Le sang de qui ? »

Je m'étais juré de ne rien dire, mais cela m'échappa...

« Le sang de Giglio Fava. Boire de ce sang c'est accéder à la vie éternelle, car tu créeras ton double, véritable frère jumeau qui, lui, vivra bien plus longtemps, car sa naissance surviendra lorsque tu boiras le sang !

— Comme Arthur Gauvin et Bretagne !

— Qui ça ? Ah ? Ce sont les personnes que tu es venu chercher ici ! Qu'ils se débrouillent ! Veux-tu boire cette coupe ?

— Euh... »

Voilà une bien étrange proposition !

Soudain, une voix féminine se fit entendre derrière moi :

« Ne l'écoutez pas ! »

La voix de Bretagne !

Je me retournais et la vis, éclairée par le rayon du miroir, toujours aussi désirable. Elle s'approcha de moi et me prit par le cou :

« Regardez-nous dans la glace, » ronronna-t-elle... Bon sang ! Elle m'avait suivi ici sans se faire remarquer !

Je regardai dans le miroir. Je vis deux personnes : moi-même, ou plutôt mon reflet et un jeune homme, copie conforme de Bretagne qui me tenait par le cou !

« Salut Bretagne ! fit-il.

— Salut Arthur ! répondit-elle.

— Et voilà, tu as retrouvé ton cher frère, rajouta mon reflet. Mais pour venir ici, il faut boire le sang. Et pour boire le sang, il faut répondre à trois questions.

— Allez ! Essayons ! rétorqua-t-elle !

— Bien ! Bien ! Dit-il et il fouilla dans la poche de sa veste (de ma veste en quelque sorte...) et en sortit une feuille de papier. Ah ! Les voilà ces questions ! Première question : qui est le porteur du masque ?

— Le porteur du masque ?... Le modèle original que le masque ne comprend pas ! répondit-elle.

— Bravo ! Bravo ! Tu as répondu correctement à la première question ! »

J'étais sidéré et de la question et de la réponse que « mon » reflet avait déclarée correcte !

Quelle scène ! Dans une pièce ne comportant qu'une porte par laquelle je suis entré, violemment éclairée par un rayon lumineux sortant du miroir, moi, avec une jolie fille qui me tient par le cou, devant la glace dans laquelle mon reflet se trouve avec son reflet, mais mâle cette fois.

« Deuxième question : où entra la procession de la princesse Brambilla ?

— ?... Ils entrèrent tous dans le palais Pistoia, place Navona !

— Ah ! Ah ! Ici alors ? Ici !

— Et bien oui ! Ici ! ronchonna-t-elle vexée. »

Et du coup, elle me lâcha le cou ! Ce fut très désagréable ! J'observais qu'elle me tenait ainsi par inadvertance, comme cela... par hasard. Ce qui la fascinait, c'était son reflet mâle dans le miroir. Elle ne le quittait pas des yeux. Et « lui » non plus ne la quittait pas des yeux.

Ces quatre yeux de braise brûlant de passion avaient fini par mettre une couleur rouge dans le rayon lumineux qui sortait du miroir.

Elle questionna :

« Mais pourquoi n'est-ce pas Arthur qui pose les questions ?

— Il n'est pas encore doué de la parole. On verra plus tard... Alors, troisième question, la plus difficile : qu'est-ce que le dualisme chronique ?

— ... (Elle récita :) " Cette étrange folie dans laquelle le moi se brouille avec lui-même, ce qui fait que la personnalité de l'individu ne peut plus conserver sa cohérence ".

— Pas mal ! Pas mal ! Mais malgré tout ce n'est pas cela. Je te laisse encore une chance. Alors ?

— ... (Elle récita encore :) " Supposez maintenant que l'individu a dans le corps, comme materia peccans, un double prince pensant de travers... "

— Bravo ! Bravo ! Tu connais, je vois, le discours de Maître Cerlionati. C'est bien. Tu peux accéder à la coupe magique. »

Sa main quitta de nouveau le champ et y revint tenant la coupe de sang. Il la tendit vers Bretagne qui s'était approchée, me tournant le dos. Sa main sortit de la surface du miroir comme d'une surface d'eau verticale. La jeune fille saisit fébrilement la coupe, la porta à ses lèvres et rejeta la tête en arrière pour boire. Elle le fit si loin en arrière que je vis le sang, rouge liquide, couler dans sa bouche grande ouverte. Ayant bu, elle rendit la coupe vide à la main tendue. Arthur tendit le bras, ses doigts sortant du miroir. Bretagne les saisit et, tenant la main de son double, traversa la surface brillante en même temps que le bras de mon reflet reculait. Celui-ci sortit du champ, le laissant libre au couple. Bretagne n'était plus dans la pièce. Les deux jeunes gens s'enlaçaient dans le miroir, la lumière baissait, le couple se dénudait passionnément l'un l'autre. J'entrevis leurs corps sculpturaux emmêlés juste avant que le rayon ne s'éteignît.

Et l'obscurité et le silence me saisirent. Le noir me fit frissonner violemment et je hurlai de terreur. En criant et reculant, je retrouvai la porte, les escaliers, le capharnaüm. Je trébuchai cent fois sur les débris et me retrouvai dehors dans le soleil couchant de Rome.

De retour à l'hôtel, une belle enveloppe parfumée m'attendait, posée juste devant le miroir de ma chambre.

Elle contenait une belle somme d'argent et une carte sur laquelle je pus lire ces mots : « Vos honoraires pour cette enquête bien menée ! Merci ! » Signé : Bretagne.

Violette

Le fleuve choisit ses amis comme il l'entend. Mais son humeur est changeante.

L'ennemi d'aujourd'hui, était, hier peut-être, un ami !

Par cette fraîche matinée d'août, je marche le long du quai. Tôt levé par l'angoisse qui me mine, je suis venu parler avec le fleuve. Le temps est calme et c'est tout juste si le remous du Rhône plisse légèrement la surface brillante de la "gare d'eau".

C'est lorsque j'admirais le reflet rose du levant sur ce miroir liquide que je vis le poisson sauter... Le rond qu'il traça à la surface me conta cette histoire.

Violette le rendait fou.

Lorsqu'il l'avait vue pour la première fois, il avait carrément craqué. Tellement craqué qu'il en était resté muet. Comment ! C'était possible d'être tellement heureux d'avoir seulement vu quelqu'un ? Comment c'était possible ?

Il n'avait pas pu lui parler. Au début, cela le bloquait d'être amoureux comme ça. Il préférait presque penser à elle plutôt que de la voir. Presque...

Un jour, elle lui parla. Elle avait vu dans ses yeux comment il la voyait.

— Bonjour Rémi !

— Eh ? Comment sais-tu mon nom ?

Il riait du plaisir de deviner la réponse :

— Je me suis renseignée pardi !

Ah ! Elle était jolie. Mais jolie !!!

— Vu comment tu me regardes je me sens très importante, et ça !... Ça me fait très plaisir...

— Je passerais tout mon temps à te regarder.

Et voilà comment cela a commencé. Avec une jolie jeune fille, toute simple, aux longs cheveux frisés châtain foncé, aux grands yeux allongés rieurs, très sombres, une bouche fine très sensuelle, très souriante et pas fâchée du tout.

Il la prit par la main et l'emmena au bord du fleuve.

L'eau en se retirant avait laissé des plages de sable fin entre les saules. Ils trouvèrent un nid d'amour au pied d'un osier aux verges d'or. Ce fut leur lieu de rendez-vous habituel.

Lorsqu'ils faisaient l'amour, elle soupirait longuement sous ses caresses. Il vivait encore mieux le corps de la fille en fermant les yeux... Mais il préférait la regarder quand même. Enfin, il savait plus quoi...

Ils auraient pu connaître le bonheur suprême sans la venue du chasseur.

C'est comme cela qu'il se faisait appeler. C'était l'ami de Rémi. Son gibier, c'était les filles. Il adorait les filles.

Dans son entourage immédiat, une seule manquait à son palmarès : Violette. Elle se refusait, car elle ne voulait pas faire de la peine à Rémi. Mais au fond, ses rendez-vous avec lui au pied de l'osier commençaient à la lasser un peu. Elle aimait varier les menus. Elle était aussi un peu chasseur.

Un jour, elle se laissa entraîner au pied de l'osier.

Cela la fit un peu mieux jouir de faire semblant d'être chassée. Comme cela tous les deux étaient contents.

Violette alterna ainsi ses menus. Rémi l'ignora quelque temps. Mais quelque mauvaise langue prit grand plaisir à lui apprendre qu'il jouait le rôle de Jules dans Jules et Jim, ou Jim, si vous voulez...

Une pâleur mortelle envahit son visage ! Son interlocuteur prit même plaisir à lui indiquer l'heure et le lieu des rendez-vous.

Une rage insoutenable lui envahit le cœur. Désormais, elle ne le quitta plus. Il se rendit au bord du Rhône quelque temps avant l'autre rendez-vous de Violette, s'installa dans un saule proche et assista, sans en perdre une miette, aux ébats de la fille qu'il aimait plus que tout au monde. Il atteignit ainsi son but : entretenir sa haine à son maximum possible.

La nuit tombée, Rémi, Bruno, Mathias et Martin, le capitaine, se laissaient porter par le courant du fleuve jusqu'aux lônes poissonneuses. La chaleur de l'été semblait encore figer l'espace. La nuit était noire, mais le capitaine connaissait le chemin et dirigeait la barque avec sa rame. L'autre scrutait la berge et repoussait de temps en temps l'embarcation avec sa trique.

Arrivés à proximité de l'île, ils jetèrent le filet dans un plouf discret et continu. Les pierres fixées entraînant le bas s'enfonçaient lentement laissant à la surface les bouchons du haut qui formèrent un grand arc de cercle à la surface brillante de l'eau. Le bateau en sécurité sur le banc de sable, ils halèrent le filet au clair de lune. La friture sautait en frétillant, manière de protester contre l'adversité...

À part ce bruit d'eau, et celui du fleuve, on n'entendait que le cri lancinant des crapauds et le cricri agaçant des grillons. Les hommes, habitués à travailler ensemble dans l'obscurité, ne disaient pas un mot.

Un nuage de moustiques grésillait faiblement aux oreilles. Nombreux s'étaient régalés de leur sang et, alourdis, étaient allés pondre dans l'eau les oeufs d'où sortiraient leur progéniture, ces petites virgules nageant en se tortillant pour aller respirer à la surface.

En regardant ce spectacle, la lune souriait, plissant ses yeux au-dessus de ses grosses joues blanchâtres.

Les poissons rangés dans de petites caissettes chargées dans la barque, les hommes y montèrent et ils ramèrent contre le courant tant qu'ils purent. Lorsque celui-ci devint trop fort, Rémi et Bruno sautèrent sur la berge emportant avec eux l'extrémité de la corde fixée à la barque. Pendant que le capitaine ramait, que l'autre poussait sur la trique, ils halèrent le bateau à contre-courant. L'effort était dur et la nuit noire malgré la lune estompée par une brume qui montait du fleuve. Celui-ci semblait rire du futile effort des hommes pour lutter contre sa puissance. Oui, on entendait le grave babillage de l'eau contre la berge...

Rémi pensait à Violette. À la faible clarté de la lune, il voyait devant lui le dos de Bruno, tendu par l'effort. Le même dos qu'il avait vu tendu par le plaisir, couché sur Violette, au pied de l'osier aux verges d'or. De cet or jaune, chaud et précieux. Comme l'amour de Violette.

— À quoi tu penses, Rémi ? chuchota Bruno.

Rémi crut discerner comme une inquiétude dans sa voix.

Avait-il deviné ses sombres pensées ?

— À Violette ! répondit-il sans émotion dans la voix.

— Ah ? Se contenta de répondre son coéquipier.

La sueur coulait de leurs fronts, la barque glissait lentement de leurs efforts communs pour vaincre le grand cours d'eau.

Rémi l'implora pour assumer sa vengeance. Cela tombait bien, car, las de ces quatre hommes, le fleuve profita du fort courant creusant le lit très profond le long de la digue qui protège les terres extérieures du méandre.

En même temps, exactement au moment où Rémi lâcha la corde, le fleuve roula une violente meuille qui fit tournoyer la barque sur elle-même tirant violemment Bruno en arrière. Celui-ci comptant sur l'aide de Rémi ne lâcha pas immédiatement la corde. Il trébucha sur un rocher et tomba à l'eau. Le fleuve ouvrit toutes grandes ses mâchoires aquatiques et avala d'un coup l'impudent qui croyait impunément chasser sur les terres de son meilleur ami.

La barque, entraînée au milieu du courant, ne put rejoindre le bord. Au pied de la pile du pont, elle éclata en morceaux et le fleuve se régala !

Rémi resta un moment, songeur, debout sur la digue haute et repartit, empruntant un tenon des carrés de la rive concave. Il disparut ensuite dans la vorgine. Après son départ, je m'approchai du fleuve pour le saluer. Je pensai aux poissons pêchés pour rien !...

Violette attendrait-elle Bruno, demain, au pied de l'osier ?

Le cygne

Un beau jour d'été, il attendait son coup de fil, comme d'habitude, il attendait au bord du fleuve, à l'ombre d'un saule. La rive était protégée par des enrochements. Le fleuve était très animé par de nombreux cols verts et de magnifiques cygnes. Préoccupé par sa situation personnelle, les problèmes avec sa liaison, il avait le regard rentré, tourné vers l'intérieur. Il n'avait pas encore vu le cadavre du cygne, coincé dans les enrochements, que le courant, le vent ou autre chose, avait amené là, à ses pieds.

Pourtant le soleil d'août était éblouissant, la chaleur pesante et le ciel bleu vif, immaculé. L'ombre de son saule était fraîche.

Lorsqu'il leva le regard et qu'il aperçut le gros tas de plumes blanches, il ne réalisa pas de suite ce qu'il avait vu.

Il s'approcha. Le bréchet du cygne avait été dévoré par un rapace. La chair et l'os étaient blancs l'un comme l'autre. Le corps flottait le ventre en l'air. On n'apercevait même pas la naissance du cou.

Il se pencha en avant pour tenter de voir où se trouvait la tête… Elle flottait en dessous du corps du volatile, pendue à son long cou qui tombait raide et froid vers le fond de l'eau…

Une angoisse de prémonition le saisit. « C'est un signe ! » Se dit-il anéanti… Il chercha aux alentours un outil pour éloigner le cadavre, le signe, cygne de malheur !

Il aperçut un long bâton qui flottait non loin de son saule. Il s'en approcha, posa le pied dans l'eau pour l'atteindre et le saisit.

Muni de sa perche de halage improvisé, il poussa le corps pour l'éloigner du rivage, non sans mal, car il était coincé dans les enrochements. Il poussa fort et réussit à le faire décoller. Puis par diverses manœuvres, avec son long bâton il emmena le cadavre le plus loin possible en espérant le voir emporté par le courant du fleuve.

Il eut bien du mal à y parvenir. Finalement, il décida qu'il avait suffisamment éloigné ce cygne (signe) de malheur et retourna sous son saule attendre l'appel de cette femme qu'il aimait tant et qui attendait aussi sans doute que son mari fût parti pour pouvoir l'appeler…

Il se souvenait d'une conversation qu'ils avaient eue.

« Notre passion était un vrai feu brûlant, dit-elle, mais maintenant c'est fini…

- Oui, peut-être, mais nous préserverons la braise prête à enflammer de nouveau nos cœurs et nos corps ! »

Tout à ses sombres pensées, il ne remarqua pas le rat qui nageait à un mètre du rivage. Mais il l'aperçut quand il leva les yeux.

« Un ragondin… » Pensa-t-il.

Non… C'était bien plus grand qu'un ragondin.

C'était Brown Jenkin, le familier de la sorcière Keziah ! Il était resté aux alentours, car il aimait le cygne… comme nourriture. C'était lui qui avait entamé le bréchet du volatile. Sans doute que c'était lui qui l'avait tué…

Et notre homme n'avait pas tort : la présence de ce petit monstre constituait un signe de grands malheurs prochains…

Le Familier transmettait au chef du ténébreux orchestre, l'énergie noire des amants déçus, celle du conducteur de train, des relations incestueuses, celle de l'amant trompé et jaloux.

Leurs histoires fusèrent comme un éclair dans la conscience de l'amoureux transi. Elles se mêlaient à la morbidité que dégageait le cadavre du cygne, à sa propre morbidité, sa sombre rage, auxquelles s'ajoutaient les prophétesses de malheur, pythies de l'horreur, ondes pestilentielles, plus noires que la plus noire des nuits sans Lune…

Et ces ondes maléfiques envahissaient le monde. Et toutes nourrissaient le Chaos qui attendait ce chef d'orchestre pour se manifester.

Et c'était l'heure, car le chef d'orchestre s'était réveillé.

Allah est grand !

Le type marchait d'un pas hésitant, les yeux hallucinés. Le fleuve coulait son gros débit en contrebas. Le jeune homme jetait un coup d'œil de temps en temps sur ses flots boueux. Il n'était pas encore en crue, mais cela ne saurait tarder. En fait, cela arrangeait le type, car le niveau de l'eau s'était approché du pont suspendu. Son but. C'est là qu'il devait se rendre rapidement, car il avait aperçu le fluviomaritime qui était en remonte, plus bas. Le jeune homme pressa le pas, car il devait arriver sur le pont avant que le bateau ne passe dessous la passerelle… C'était sa mission, celle qu'Allah lui avait donnée. Il en était très fier. Par bonheur, il y avait un bouchon, et la passerelle était remplie de voitures dont les chauffeurs s'exaspéraient, car certains d'entre eux, à l'entrée n'avaient pas respecté l'alternance, et les véhicules ne pouvaient plus sortir du pont, car d'autres véhicules qui avaient le feu vert, s'étaient avancés pour emprunter le pont suspendu. Celui qui bloquait la sortie était têtu et ne voulait pas céder, car il était dans son bon droit.

« Allah est grand il me donne l'occasion de faire un massacre. » Le sac à dos du jeune homme était gros. Il devait être très lourd vu sa posture de la poitrine en avant.

Un fil sortait du sac et la main gauche de l'homme tenait l'extrémité.

Il avait bifurqué sur la gauche et emprunté la passerelle en se faufilant entre les voitures. Les coups de klaxon étaient assourdissants.

L'homme au sac à dos regarda sur sa droite, quand il vit le fluviomaritime tout près, à quelques mètres du pont, se mit à courir en criant « Allah akbar ! » Parvenu entre les deux piles du pont suspendu, il vit le fluviomaritime entrer sous la passerelle. Il grimpa vivement sur les garde-fous et se jeta sur le bateau en criant encore « Alla akbar ». Il lâcha le détonateur de sa main gauche alors qu'il n'avait pas encore touché le pont du navire. L'importante quantité de C4 qui se trouvait dans le sac à dos explosa immédiatement. Une épouvantable explosion qui souleva la passerelle, démantelant les câbles de suspension, détruisant les véhicules stationnés au-dessus de l'explosion, et précipitant les autres dans le fleuve. Cela ne dura qu'une fraction de seconde, car alors, le gaz liquéfié transporté par le bateau explosa à son tour multipliant pas cent l'effet de souffle qui démolit tous les immeubles du quai, la flamme éjecta un enfer de feu qui se transmit au port pétrolier voisin qui explosa à son tour détruisant tout le quartier riverain.

L'épave du bateau recula sous l'effet du courant et coula en aval du pont, ou du moins de ce qu'il en restait.

La construction datant du 19e siècle tomba, se démantela, les deux énormes piliers s'effondrèrent.

Le mélange des pierres, des câbles, des ferrailles, des plaques d'acier du pont formèrent un barrage qui fit monter le niveau de l'eau du fleuve qui envahit la ville… Le feu et l'eau s'allièrent pour rendre l'évènement encore plus atroce !

L'accès des secours fut rendu très difficile. Les sauveteurs mirent des barques à l'eau, mais le fleuve roulait de grosses vagues contre la barrière de pierres, de métal et de feu. Rejetant vers l'amont quiconque s'aventurait trop près…

Garand 1…

Il se réveilla en sursaut. Pourtant le rêve était anodin…
Une histoire de cygne mort. Et il y avait Brown Jenkin aussi.

Mais, prononcer « cygne mort » lui faisait lever les poils de son avant-bras…

Il regarda autour de lui pour prendre connaissance du lieu où la Trame l'avait envoyé cette fois-ci…

Un bureau. Il regarda par la fenêtre : des voies de chemin de fer, une gare, une route qui enjambe le chemin de fer.

« Me voilà de retour à Espérance ! » S'exclama-t-il.

Il se rassit devant son bureau pour faire une pause « arrivée des données ». Il les sentait arriver dans ses neurones.

Il était question de Mars, la planète de la Mort, où devait se tenir une réunion du Corpus… Mais pourquoi l'avaient-ils envoyé d'abord ici.

« Pas d'impatience, laisse venir les données… » Soliloqua-t-il.

Il regarda son ordinateur et fit des recherches sur Internet. Il apprit qu'Espérance venait d'être victime d'un grave attentat.

« Ah ! Les nombreux morts ont créé une aspiration nécrologique. » Son rêve avait une relation avec ce fait réel.

Son bras le chatouillait. Il se gratta. Et arracha une croûte. Ah ! Dans ce cas-là il devait regarder ce qu'il y avait sous la croûte !

Juste une goutte de sang. Il la lécha et…

Crash !

Michael Jackson vient de mourir.

Je roule dans ma vieille bagnole de 12 ans d'âge.

J'ai mis dans le lecteur de cassette l'album du roi de la pop qui comprend Bad, Thriller, Beet it, I just can't stop loving you…

Je fais passer en boucle à tue-tête "Bad" et "I just can't stop loving you".

Je file à 180 à l'heure sur l'autoroute, fenêtres ouvertes. C'est l'été, un soir resté très chaud après une journée caniculaire. Le soleil se couche à l'ouest au-delà du fleuve et des monts du Lyonnais.

Je double une voiture comme la sienne. C'est la deuxième que je double. Je ralentis à sa hauteur pour regarder la conductrice. Effectivement c'est bien une femme. Mais pas celle que j'espérais… Je donne un coup d'accélérateur. Ma vieille guimbarde proteste et les pneus crissent.

« I'm bad », chante Michael Jackson. «Who's bad ?» …

Moi je suis méchant dans ma tête. Jackson est mort et j'ai perdu un grand amour.

Après "Bad" j'écoute "I just can't stop loving you": je ne peux pas m'empêcher de t'aimer.

La voiture file toujours. J'arrive au virage de La Mulatière. Je suis flashé par le radar du virage situé au niveau du pont Pasteur.

Les pneus crissent dans le virage que je passe à 120 à l'heure. Puis je file vers l'entrée sud de la ville. Je zigzague entre les voitures de l'éternel bouchon du tunnel sous Fourvière. Ça ralentit drôlement mon allure. Ça m'énerve, j'ai envie de rentrer dans toutes les voitures qui m'emmerdent. J'en percute une ou deux à l'arrière pour les faire avancer plus vite. Les conducteurs au volant klaxonnent. Je file, les double, fais des queues de poisson. J'emmerde tout le monde. Un connard tente de me suivre. Mais je n'ai rien à perdre. M'en fous de la bagnole, m'en fous des autres, m'en fous de la vie. Z'ont qu'à venir avec moi, ils verront ce que c'est que de mourir. Je passe comme une bombe devant la prison Saint Paul. Je fais un bras d'honneur aux prisonniers.

Je m'enfile dans l'entrée sud, sous les voies de chemin de fer de Perrache, alors que les autres files emmènent les véhicules vers le tunnel.

Là je vais prendre mon pied. Ce n'est plus l'autoroute, mais l'axe nord-sud de la ville, axe qui longe le fleuve. Axe plein de feux rouges aux croisements avec les ponts qui enjambent le grand cours d'eau.

Je zigzague toujours, grille mon premier feu rouge avant le pont de l'Université, puis celui au niveau de ce pont. J'arrive à prendre vive allure en passant sous la voie qui conduit au pont de la Guillotière. Sous le bouquet de fleurs.

Mes baffles gueulent toujours « I'm Bad » C'est jouissif ! Au moment où Jackson conclut par « Who's bad ? » j'entends la sirène des flics. Je regarde le rétro : deux voitures de police m'ont pris en charge. Putain ! Jamais je n'aurais cru tenir si longtemps. Ce sport mécanique va finir par me redonner goût à la vie !

Je ressors devant l'Hôtel Dieu. Grille un autre feu rouge au pont Wilson. Je passe encore ! C'est pas possible. Pas un con pour me couper la route.

Pourquoi je fais ça ?

Parce que j'en ai marre de la vie. Je veux mourir. De manière violente. Quoi de plus violent qu'un accident de voiture ?

Le feu est vert au pont Lafayette. Pas de bol !

Je passe aussi le pont Morand toujours suivi par les flics aux sirènes hurlantes.

Au moment adéquat je tourne à gauche et je m'enfile dans le mauvais sens vers le tunnel de la Croix Rousse. Les flics ne me suivent pas. Et je ne tiens pas le coup longtemps.

Je me retrouve soudain face à une rangée serrée de voitures qui descendent vers le sud. Ils commencent à freiner. À klaxonner. Sont terrifiés. Pas moi. Il faut que je choisisse le pauvre con qui va mourir avec moi. Je choisis une voiture dans laquelle je pense qu'il y a le plus de monde possible. J'appuie à fond sur l'accélérateur.

La dernière image que je vois c'est le type qui conduit hurlant de terreur avant le crash meurtrier.

Juste avant de mourir sous le terrible choc, j'entends Jackson crier « Who's Bad ? »

Et je vois, dans ma tête, dans ma pauvre tête qui va éclater, je vois mon Amour me dire adieu en me faisant un signe de la main, les larmes plein les yeux…

L'écran du film de ma vie devient rouge sang… puis noir.

Et, juste avant de mourir, je vis une ombre noire me parler : « Tu viens de lancer le Signal ! »

Garand, 2…

« Ouf ! »

Soupira-t-il… Il venait véritablement de vivre cette épouvantable scène d'accident de voiture digne du roman *Crash !* de James Graham Ballard, dont David Cronenberg fit un film, sorti en 1996.

Mais ce « rêve » n'était pas anodin. C'était plus une vision qu'un rêve… En attendant que cette nouvelle vision porte ses fruits, Garand, retourna aux infos.

Il se souvenait désormais de son identité. C'était celle qu'il avait toujours eue en ce lieu de carrefour cosmique ; il était le commissaire de police de cette ville en perdition !

Une question lui venait déjà à l'esprit : « Pourquoi ce type s'était suicidé ainsi ? Je veux bien croire à une histoire d'amour, mais là, je n'ai jamais vu ça… »

Il rangea dans sa base de données cervicale cette réflexion qui allait mûrir, grâce à la Trame. Ces données comprenaient également un journal intime qui raconte cette histoire d'amour qui a conduit à un tel désastre automobile. Il commencerait à le lire en temps voulu. Ses deux « visions », le *Cygne mort* et *Crash*, faisaient partie de ce journal.

Cette partie du journal du crashé avait fulguré en une fraction de seconde dans la vaste base de données du cerveau de Garand.

Il devait désormais s'occuper de l'attentat, des morts, et paraît-il d'un zombie. Enfin, de ce qui allait en devenir un. Enfin, une espèce de zombie !

Encore !

Son téléphone sonna.

Il décrocha.

Il était prévenu qu'un accident de la route mortel avait eu lieu à Lyon.

« Je sais, je sais… » Avait-il toujours envie de répondre dans ces cas-là. Mais il ne pouvait pas répondre comme ça ! Il fallait envoyer un agent pour accompagner le corps qui devait être rapatrié à Espérance.

Il se proposa et y alla.

Il avait trouvé son zombie ! Il ne devait pas être beau à voir !

Mais le parcours ne serait pas de tout repos, car l'attentat faisait converger toute une armada de véhicules de secours et avait considérablement bouleversé la circulation des véhicules dans et autour d'Espérance.

Journal de Wilcox 1
Comment cela a commencé

Elle m'appela entre midi. On était le 15.

Elle commença par me dire :

« Je ne sais pas si je vais arriver à te dire ce que j'ai à te dire…

- Ça y est, tu as commencé à le dire, alors c'est facile, continue… »

« J'ai regardé le calendrier… » Commença-t-elle pour en arriver à me demander si j'étais bien sincère. Elle a donc bien été ébranlée par des calomnies.

Cela a d'ailleurs été confirmé par un rêve qu'elle avait fait et qu'elle m'a raconté.

Je me suis expliqué patiemment, et en fin de compte, pour lui montrer à quel point j'étais sincère, je lui ai dit que j'étais très amoureux d'elle…

« Ce n'est pas mon cas. » Répondit-elle.

Alors, pourquoi se questionnait-elle sur ma « sincérité » ?

Je les avais invités à déjeuner, elle et son mari. Je craignais qu'elle ne vînt pas suite à ma déclaration d'amour. Ils vinrent.

Nous sommes sortis sur la terrasse et je l'avais, un moment, prise légèrement par la taille pour la faire pivoter dans une direction précise. Ce fut un moment très délicieux… Plus tard elle me dirait que c'est à ce moment que tout s'était décidé…

J'ai alors vu un étrange phénomène : comme une étoile noire apparaître dans le ciel et s'éloigner à une vitesse vertigineuse loin de la Terre !

Je me tournai vers elle, elle avait le regard fixe, les yeux vitreux et restait immobile telle une statue de marbre.

Je lui demandai : « Ça va ? » Elle sembla sortir de sa léthargie. « Oui ! Je vais très bien ! »

Elle était très bien, elle ne voulait plus partir. Ce fut son mari qui lui demanda de rentrer.

Elle m'a appelé le matin pour échanger des commentaires sur la soirée de la veille.

Elle me dit qu'elle aussi était très amoureuse de moi. Que notre rencontre sur ma terrasse l'avait plongée dans le désir que je la prenne dans mes bras et que je l'embrasse.

Mais elle ne pouvait pas donner suite à notre amour. Elle ne pouvait pas tromper son conjoint.

J'ai tenté en vain de la convaincre avec tous les arguments d'un amant auprès de la femme qu'il aime et qui l'aime lui. Mais je n'ai pas réussi.

J'étais très en colère : être aimé par une femme que j'aimais et ne pas pouvoir concrétiser pour une imbécile histoire de morale !

J'avais une journée chargée. Je devais faire une conférence dans un lycée situé à une heure de route. En y allant, je ne trouvais pas mon chemin et je fis une mauvaise manœuvre devant une voiture de police que je n'avais pas vue et j'écopai de trois points de permis de conduire en moins !

Le soir nous avions une réunion de travail. Elle avait pris bien soin de garer sa voiture juste derrière la mienne. Après la réunion elle m'invita à monter avec elle : « Tu viens discuter deux minutes ? ».

Je me précipitai tout heureux. On a discuté pendant une heure ; elle était désemparée, attirée amoureusement, mais terrifiée par l'adultère.

Après cette longue conversation au cours de laquelle je tentais de la rassurer, je la pris tendrement par les épaules. Elle posa sa tête sur mon épaule. Je l'embrassai très pudiquement sur le front. Elle releva la tête et m'embrassa très fougueusement sur la bouche. Je fus immédiatement surpris de son art du baiser !

La première, elle me dit : « Je t'aime ! » Puis :

« Dis-le toi aussi !

- Je t'adore…
- Non, tu dois dire "je t'aime"
- Je t'aime. »

Elle a réussi en un clin d'œil à me le faire dire.

Bien plus tard elle me dira : « C'est moi la première qui t'ai dit "je t'aime" »

Notre idylle qui avait commencé.

Plusieurs mois plus tard, elle me ferait remarquer à quel point nous étions inconscients, aveuglés par l'amour : nous étions dans sa voiture au bord du trottoir à nous embrasser fougueusement alors que plein de gens passaient sur le trottoir. Il faisait nuit, mais l'éclairage public était excellent !

Entre midi je l'ai guidée pour visiter un site qui concernait nos activités. Puis nous avons passé une heure dans sa voiture à se tenir main dans la main. Elle était très déterminée à vivre avec moi. En parlant de son conjoint, elle avait dit : « Tant pis pour lui s'il n'est pas à la hauteur. » On avait parlé de faire l'amour. Je lui ai posé la question des précautions à prendre, elle avait répondu qu'elle ne prenait pas la pilule, qu'elle n'employait pas d'autre moyen contraceptif et qu'il faudrait faire le coït interrompu. Cela me fit un peu peur, mais je fus impressionné par la confiance qu'elle me portait.

Le soir, nous avions une autre réunion où elle se montra plus séductrice que jamais, me délaissant dans mon coin tout seul. Je rongeais mon frein. Elle a passé une heure à discuter avec un ami de son mari, une demi-heure avec un inconnu qui la regardait comme on regarde un jambon, mais elle ne le remarquait même pas, discutant avec lui comme si elle le connaissait depuis toujours et une demi-heure avec un ami commun. C'est ce qui fait son charme. Plus tard quand je lui ai parlé de cette soirée en lui reprochant de m'avoir délaissé, elle m'a dit : « Mais j'ai passé toute la soirée avec toi ! »

Sur le chemin de l'aller, il y avait l'heure sur les panneaux d'information autoroutiers : « 15:15 » je m'esclaffai, surtout à son attention : « Vous avez vu ? 15 heures 15 ! »

Au retour, nous avons passé une soirée inoubliable dans sa voiture. J'avais réveillé sa libido, m'avait-elle dit. « J'ai joui deux fois en un quart d'heure ! » Se réjouit-elle.

On était rentrés chacun de son côté très tard, pas loin de minuit.

Ce fut (déjà) le jour de la première rupture. Je me souviens bien que je lui téléphonais avec mon portable sous la pluie dans un parc public.

Elle me raconta qu'en rentrant elle avait « fait plaisir à son mari » et qu'elle ne pouvait pas continuer à le tromper… On a repris la discussion du 23 et à la fin j'avais quasiment réussi à la convaincre…

On notera qu'elle a « fait plaisir à son mari ». Elle ne l'a pas fait pour se faire plaisir à elle…

Quelques jours plus tard, nous nous sommes réconciliés…

Elle m'a invité chez elle en l'absence de son mari. Quand je suis rentré, elle m'attendait devant la porte, nue sous sa sortie de bain très courte. Je l'ai prise dans mes bras et entrai mes mains dans son vêtement pour caresser la chaleur de sa peau. Je caressais ses seins elle gémit et m'embrassa fougueusement. Des baisers chauds et humides, doux et sensuels. Dans le miroir, je voyais ses petites fesses bien rondes dépasser de sa sortie de bain et elle pliait une de ses jambes pour frotter avec le coup de pied le mollet de l'autre jambe. Je mettais mes doigts dans sa petite chatte brûlante et humide et la fit jouir assez rapidement une première fois.

Puis nous rejoignîmes la chambre conjugale. Je me déshabillai et elle enleva sa sortie de bain. Je la vis nue pour la première fois. Elle avait de petits seins qui se tenaient bien. Je pris conscience à quel point elle aimait que je les lui caresse. Elle se coucha sur le lit conjugal sur lequel elle avait étalé sa couette.

Je me couchai sur elle et la pénétrai. C'était délicieux. Elle poussait des petits cris de joie, de jouissance, en tournant la tête à droite et à gauche… Les yeux fermés sous ses jolis cheveux noirs.

Deux rêves :

Il y avait une table sur laquelle j'étalais du sable. Mais ce n'était pas pour manger. Une table pour se réunir.

Une partie de la table lui était réservée.

Le sable est une éternité, un présent au passé effacé, un devenir non prévu…

La table représente les liens sociaux et familiaux, le combat pour exister… Besoin du rêveur de reconsidérer sa relation aux images parentales pour reprendre le

chemin de son devenir, affermi dans son identité…
Dictionnaire de la symbolique des rêves (Georges Romey)
Le corps du sable remplaçant dans l'imagerie du rêve le corps d'un être aimé, désiré ou tout simplement souhaité… *(Dictionnaire des rêves Luc Uyttenhove)*

J'étais à New York, dans un quartier balnéaire. Il y avait beaucoup d'animation. Mais j'étais perdu et je ne savais pas comment retrouver mon chemin. J'ai rencontré un vieil homme (un pêcheur) qui parlait français, mais il ne m'apporta aucune aide.
Tout le rêve s'est déroulé dans cette quête du chemin, mais pour aller où ?

Garand 3…

Alors qu'il roulait vers la grande ville du nord, il avait commencé à « lire » le journal du suicidé.

La nécromancie était l'une de ses nombreuses qualifications… Sa voiture de fonction, son gyrophare et sa sirène lui permettaient de dépasser les bouchons sur l'autoroute.

Il fit face aux démarches administratives pour la levée du corps et repartit derrière l'ambulance qui l'emmena vers Providence.

Là-bas il rangea sa voiture de fonction dans le garage du commissariat et se rendit à pied au funérarium. Il y pénétra sans encombre et se rendit au chevet du corps qui était bien installé dans le cercueil, financé par Garand. Mais il était dans un piteux état.

Lorsqu'il s'assit à son chevet, le zombie ouvrit les yeux.

« Qui êtes-vous ? » Demanda-t-il.

Garand réfléchit longuement. Mais pour lui longuement était, pour nous pauvres mortels, une fraction de seconde.

« Je suis ton guide. C'est moi qui vais te soutenir dans ta nouvelle vie…

- Ma nouvelle vie ? Mais, comment ça…

- Oui, j'admets que le mot « vie » ne convient pas très bien te concernant. Mais on peut toujours dire que c'est une certaine forme de vie.

- Ah ?...

- Tu es mort dans un terrible accident de voiture. Tu t'es suicidé pour un chagrin d'amour. Tu as écrit un journal qui est en ma possession. »

Et là il se mit l'index sur le front pour désigner l'endroit où le texte se trouvait.

« Je le lis au fur et à mesure qu'il se présente à moi. Mais ce n'est pas ton problème. Tu ne te souviens de rien ?

-   Non… De rien…

-   Bon, ben tant mieux pour toi… Maintenant je vais te renvoyer provisoirement là d'où tu viens. Je te récupérerai cette nuit au cimetière… »

Il imposa la paume de sa main sur le front du mort qui ferma les yeux et resta ainsi inerte…

Puis, il alla faire les démarches nécessaires à la mairie pour la concession au cimetière, après avoir réglé avec les Pompes funèbres les détails de la cérémonie qui n'en serait d'ailleurs pas une …

De retour dans son bureau, il prit connaissance du deuxième chapitre du journal du zombie qui avait été un homme très peu de temps auparavant…

DEUXIÈME PARTIE

GARAND EST DE RETOUR

Journal de Wilcox 2
Ça s'est passé lors d'un janvier enneigé

Elle m'a répondu gentiment avec sa messagerie pro. Par contre, elle est allée sur sa messagerie privée et a effacé tous mes messages sans les « regarder » comme elle a écrit. En effet, elle m'avait informé qu'elle avait fait le « ménage » et que je devais tenir « propre ».
Pas très aimable.
Je l'ai appelée vers 13 heures 30. Je la réveillais. Elle a été très dure, me disant que c'était fini : « Quand c'est fini, c'est fini… » Elle m'a engueulé pour les sms aussi. Je suis resté calme, mais très angoissé.
Je suis rentré chez moi assez meurtri. Je ne me rendais pas compte qu'elle faisait preuve de faiblesse : elle exagérait par peur de céder de nouveau. Mais ce n'était pas la bonne stratégie, car elle était ensuite rongée de remords.
Le soir vers 17 heures, je reçus un sms :
« Ça va ?
- Ben avec ton message ça va déjà mieux…
- Je voudrais te parler…
- Je sors et je t'envoie un sms vide… »
Je suis donc sorti et ai envoyé le sms. Elle m'a rappelé pour me dire qu'elle ne pouvait pas me parler là de suite. Je lui proposais de la retrouver à la sortie du boulot. Après quelques négociations elle accepta.
On s'est donc retrouvés dans sa petite voiture comme au bon vieux temps et elle s'est excusée d'avoir été aussi dure. Je ne méritais vraiment pas ça… Elle ne voulait plus d'une liaison, mais elle voulait rester mon amie, elle m'aimait beaucoup. Moi je lui confirmais mon amour. J'essayais de la convaincre qu'on pouvait vivre comme

ça, dans une relation déséquilibrée. Elle n'était pas contente pour moi. Elle aurait voulu que je sois heureux.

« Je le serais vraiment si on était ensemble…

- Mais moi j'ai pris la décision que non…

- On ne sait jamais tu pourras peut-être changer d'avis… Tu l'as prise quand cette décision ?

- À Noël… »

Tu parles d'un cadeau de Noël.

Mais c'était curieux, car je croyais que cette décision était prise depuis six mois !!!

Je lui dis qu'elle était cyclothymique. Elle le contesta. Elle disait qu'elle ne l'était qu'avec moi parce que la situation était compliquée.

« Oui, je sais, dit-elle, tu attends que je change d'avis…

- Oui… parfois tu ne te souviens même plus de ce que tu as dit… »

Je lui rappelais qu'elle avait dit : « Si tu me ramenais une maîtresse, je le crierais sur les toits ! »

« Mais je plaisantais sans doute… » Rétorqua-t-elle. Oui, elle ne se rappelait plus d'avoir dit ça…

Elle ne se souvenait plus des réponses qu'elle avait faites à mes messages de la semaine dernière, elle croyait qu'elle n'avait pas répondu…

Je lui ai tenu la main un moment : « Tu as la main toute fraîche… » De temps en temps je lui caressais l'épaule ou la cuisse juste au-dessus du genou, très affectueusement.

Voilà, on en était toujours au même point… Mais moi ça me suffisait, je me contentais de peu…

« Pense que 99,999 % des types à ma place auraient abandonné !

- Oui je sais, c'est pourquoi tu es formidable. »

Il y eut un incident qui a compliqué les choses. Elle a mal interprété les choses et fait une crise de paranoïa. Mais cela a fini par s'arranger.

Elle a insisté sur le fait que notre relation a été quelque chose de très important (elle a employé le mot « grave » à plusieurs reprises) et qu'elle a été unique pour elle. Elle m'a même rappelé à quel point elle pouvait avoir des occasions étant donné le nombre d'hommes qu'elle rencontrait dans le cadre professionnel. Et de me citer encore un exemple récent d'un type qui la draguait, l'invitait à déjeuner… « J'ai bien conscience que ça t'énerve d'entendre ça, mais c'est pour te dire que ce genre d'aventure ne m'a jamais intéressée. Que veux-tu, il y a tellement de choses qu'on ne fera jamais dans la vie… Ça ou autre chose… Tu t'es bien rendu compte que j'étais très coincée en privé… Je n'ai pas une très grande expérience… Donc tout ça pour te dire à quel point ma rencontre avec toi a été importante. Alors je me suis dit : "S'il a trahi ma confiance, ce serait terrible". En dehors de toi je ne fais confiance en personne. Il n'y a qu'à toi que j'ai accordé ma confiance. J'espère que tu ne me décevras pas… »

J'ai beaucoup insisté sur le fait que je méritais entièrement sa confiance.

Mais moi j'avais des doutes. Je pensais qu'elle avait des aventures, qu'elle avait commencé avec moi en pensant que ça ne serait qu'une aventure, mais elle était vraiment tombée amoureuse. Alors elle tentait de fuir.

Un moment elle pleurait.

Elle m'a rappelé que le fait qu'on s'aimait pût faire souffrir d'autres personnes, notamment de nos familles. Je lui ai dit que la vie était comme ça : nouer des relations sentimentales avec quelqu'un fait toujours souffrir quelqu'un d'autre. On ne peut pas tout seul rendre heureux tout le monde…

Elle s'est excusée pour sa violence de ce matin. Je lui ai répondu qu'elle n'avait pas besoin de s'excuser… Puis elle m'a confirmé que l'on continuerait notre amitié. Que ça la déstabilisait que je garde un espoir. Je lui dis qu'elle n'avait pas à s'en occuper. Que c'était mon problème. Si cela la déstabilisait, c'était qu'elle avait envie de satisfaire cet espoir.

« C'est fini entre nous, mais il reste une grande amitié. Je t'aime beaucoup, j'ai une énorme tendresse pour toi… Me dit-elle.

- C'était si fort entre nous (nous nous le sommes dit plusieurs fois) qu'on ne peut pas dire que c'est fini… Tu le dis toi-même il reste quelque chose.

- Oui c'est vrai qu'il reste quelque chose et que ce sera toujours un souvenir merveilleux. »

J'aurais voulu en savoir plus sur son revirement à ce sujet. Mais elle ne voulut pas en parler : « J'ai découvert certaines choses. Mais je ne veux pas en parler. Ça ne sert à rien de se faire du mal… »

Je me demandais de quelles « choses » il s'agissait, et je me le demande toujours…

Elle me l'avait souvent dit que « c'était fini », puis elle avait repris ensuite.

On s'est donc quittés en très bons termes et j'ai conclu en lui disant : « Je t'aime ».

Elle m'a appelé, ensuite, pour me parler d'une lettre reçue ce jour. C'était un prétexte pour parler avec moi. Elle mangeait un chocolat.

« Ah ! Les chocolats du type qui te les a offerts…

- Chuut ! Fais attention… »

Pourquoi « attention » ?

Ce matin, elle m'avait envoyé un message très poétique, comme elle savait si bien les écrire sur le fait qu'elle disait simplement « bonjour » et qu'elle savait que je me moquais de cette simplicité. Elle me souhaitait un bon jour et m'indiquait ce que signifiait un jour qui était bon. Merveilleux !

Néanmoins je sentais que ce message contenait une angoisse qu'elle vivait mal.

Je lui ai fait part de mon inquiétude par email. Elle répondit : « Un bon jour est un jour sans inquiétude. »

Plus tard je lui envoyais un sms : « Je vendrai mon âme au diable pour que tous tes jours soient bons. Tu mérites le Paradis. Je t'aime très fort mon Ange. Si fort. Je t'embrasse aussi fort et tendrement. »

J'essaie de retrouver les dates des jours où elle a fait ce genre de crise de paranoïa comme hier.

La première ce fut ce fameux jour, ses doutes m'ayant amené à faire ma déclaration d'amour. Ensuite (je n'ai pas de date précise, disons en été) elle fait une crise de jalousie quand je lui ai raconté une très ancienne histoire avortée avec une femme de nos connaissances. Je vais rechercher s'il y a d'autres dates. Les deux fois précédentes, ces doutes ont été suivis d'une intense relation entre nous…

Un soir, après la fermeture, on est restés quarante minutes à côté de sa voiture pour discuter.

J'ai parlé de ses phobies. On a parlé de la mort aussi. C'est venu quand on a parlé de l'alcoolisme. Elle disait qu'autrefois c'était répandu. J'approuvais en ajoutant que c'était la raison de l'écart d'espérance de vie entre les hommes et les femmes. « C'est comme la cigarette, dit-elle en allumant une cinquième cigarette. Des fois j'en fume une exprès pour raccourcir la vie… » Elle me dit qu'il y a trois ans elle avait dit qu'elle pouvait disparaître maintenant qu'elle avait fait son boulot : élever son enfant. Que personne ne la pleurerait.

« Si ! Oh ?! Moi je te pleurerais…

- Oui, mais je te parle d'il y a trois ans… Maintenant il y a toi c'est vrai…
- C'est comme moi. On se ressemble. Quand mon père est mort, je disais : "Comme il a de la chance, il n'a plus de problèmes…" Cela avait choqué… J'aurais pas dû dire ça…
- Non… C'était pas malin. »

Notre liaison lui a-t-elle donné le goût de vivre ? Ou l'inverse ? Il faudra que je lui pose la question. Mais j'ai peur…

Dans la conversation, elle confirma qu'elle ne me laisserait jamais tomber.

Tout cela me faisait encore me poser la question : « Pourquoi ne voulait-elle pas poursuivre et aller jusqu'au bout pour se mettre ensemble ? »

Un moment elle me dit : « À lundi alors… » Je répondis en demandant si on s'appelait le lendemain samedi. Elle ne répondit pas. J'insistais : « On s'appelle non ? » Toujours pas de réponse. Alors je conclus : « Bon ben j'attendrai ton sms. » Elle resta toujours silencieuse sur ce point.

Je me demandais si j'avais bien fait d'insister sachant que les samedis n'étaient pas de bons jours pour moi… Je pense que c'est pour ça aussi qu'elle ne répondait pas… Mais de toute façon il fallait y passer, car sinon ce ne serait que partie remise…

Mais pourquoi donc les samedis n'étaient pas bons ? Quelle en était la raison profonde dans son psychisme ?

Ce fut un samedi historique. D'emblée j'ai senti la tendresse dans sa voix.

Je lui demandais si elle était en pyjama comme tous les samedis. Elle confirma en riant.

Je me l'imaginais dans cette tenue.

Nous avons beaucoup parlé de nous, de moi d'abord, et d'elle ensuite, de son père et... de son mari. En ce qui me concerne, elle a été très tendre, très gentille et très utile. Elle a fait preuve d'une grande psychologie. La conversation a évolué, s'est approfondie.

Ensuite elle me parla des difficultés relationnelles avec son mari. Elle les illustra par une scène de dispute de la veille. La dispute avait commencé parce que monsieur se plaignait d'avoir mal au dos. Madame lui a reproché de n'avoir aucune activité physique. Il se rebiffa. Elle se rendit compte qu'elle ne savait même pas ce qu'il faisait au travail. Après trente-cinq ans de vie commune ! Puis la conversation évolua sur leurs relations. Il ne parlait jamais, c'est toujours elle qui le faisait. Il contesta, elle lui dit alors de dire quelque chose, d'alimenter la conversation. Il en fut incapable. Elle finit par se taire pour montrer que si elle se taisait il n'y avait plus de communication entre eux.

Voilà donc la raison de son sentiment amoureux pour moi. Quand ça n'allait pas avec son mari ça allait pour moi !

Cette scène de dispute portait donc sur le fait que son mari ne dialoguait pas. Le fait de ne plus rien dire pour le punir constitua ainsi une victoire pour elle et elle s'endormit sur le canapé.

Je me lançais : tout en prenant des précautions de langage, je lui dis que j'avais pensé depuis longtemps qu'elle en avait assez de son mari. Elle ne dit pas non. Mais elle rétorqua qu'elle avait fait des efforts pendant

20 ans pour lui… « Oui, mais désormais tu as fait le tour… répondis-je. » Elle confirma indirectement en rappelant qu'elle avait la hantise de se mettre à table avec lui quand il buvait, car c'est à ce moment-là qu'elle s'en rendait compte. J'insistais pour lui dire qu'ils ne faisaient rien ensemble et que lui ne s'occupait absolument pas d'elle. Comme je faisais part de mon étonnement sur le fait qu'elle continuât de vivre avec lui, elle me répondit qu'il y avait les sentiments. Je pensais qu'il n'y en avait pas et le lui dis, et qu'il y avait autre chose que j'ignorais. Elle ne dit pas non, mais avoua qu'elle l'ignorait aussi… Ou c'était une esquive. Elle a évoqué à plusieurs reprises l'idée de se séparer de lui. C'est nouveau chez elle.

« Je pourrais même rester seule, ça ne me poserait pas de problème…

- Mais… tu m'as toujours sous la main, je suis disponible… »

La conversation s'est poursuivie sur ce plan et je compris qu'elle culpabilisait. Moi j'insistais pour lui dire que j'étais disponible…

Elle finit par botter en touche en affirmant que cette conversation était redevenue possible comme « avant » qu'on ait eu notre liaison… Je rétorquais qu'avoir une liaison amoureuse n'empêchait pas ce genre de conversation. Il était vrai qu'au début de notre relation nous étions très portés sur les rapports sexuels, mais ces derniers n'empêchaient pas ce genre de conversation sauf par manque de temps… Elle persistait à dire qu'avoir une relation amoureuse avec moi l'empêchait d'avoir ce genre de conversation intime… À n'y rien comprendre ! Elle le dit d'ailleurs elle-même : « On est compliquées hein, nous les filles… »

Je râlais un peu, mais je me réjouissais intérieurement…

Je pensais au contraire que si nous n'avions pas eu notre liaison amoureuse nous n'aurions jamais été si loin dans nos conversations.

Elle confirma implicitement mon analyse en m'expliquant qu'elle ne mangeait jamais avec son mari le week-end. Qu'ils ne faisaient rien ensemble, mais qu'il la laissait faire ce qu'elle voulait, sans rien dire. Elle se posa même la question de savoir s'il ne se sentait pas mieux sans elle puisqu'il avait arrêté de boire quand elle s'était lancée dans son activité annexe…

Au début de notre conversation, elle m'avait informé qu'elle écrivait sur une période de sept ans depuis le jour où elle emménageait dans ses nouveaux locaux professionnels et où elle avait cassé un miroir avec « sept ans de malheur »… Elle espérait que la fin de cette année lui apporterait la sérénité (après sept ans…), mais ce ne fut pas le cas. Elle se proposa de me faire lire son texte.

Je comprends mieux la teneur de ses messages en fin d'année dernière… Un mélange de soulagement (elle croyait trouver enfin la sérénité en se séparant de moi…) et de nostalgie angoissante, comme quand elle avait écrit : « l'année écoulée va me manquer, je suis mélancolique… »

Je persistais à penser que la sérénité, elle la trouverait avec moi. Mais je n'insistai pas…

On a parlé aussi de nous deux, bien sûr.

Elle se remit à parler du cas où notre liaison serait découverte. Elle insista pour dire qu'elle nierait tout. Cela me blessait quand elle disait cela. C'était très égoïste de sa part. Elle a évoqué l'attitude que nous avions l'un avec l'autre en public. Pour ma part, je lui ai fait remarquer qu'elle adoptait une attitude si indifférente à mon égard que bien des gens devaient penser qu'elle était fâchée avec moi. Elle le contesta en riant. Je lui posais la question de mon attitude. Elle dit que parfois j'avais du mal à cacher mes sentiments. « Étant donné la différence d'âge cela peut être compris comme de la tendresse. »

Quand elle parla du décès de son père, elle pleura. C'est moi qui l'avais dirigée involontairement sur ce sujet en lui rappelant qu'elle m'avait dit la veille que quand son père était mort elle s'était sentie comme abandonnée.

Elle me raconta un rêve récurrent qu'elle faisait après la mort de son père. Elle se trouvait réunie avec toute la famille et son père était caché derrière des colonnes et lui disait : « Ce n'est pas vrai… Ils ne le savent pas… » Il lui disait qu'il n'était pas mort. Je lui expliquai que ce rêve était la satisfaction d'un désir que son père ne fût pas mort. Je me gardais bien de lui parler du symbole phallique des colonnes… je lui dirais plus tard. Ou le fait qu'ils pouvaient symboliser les jambes, et le personnage de son père symboliserait alors également un enfant dans les jambes de son père… La colonne peut aussi représenter le soutien, le pilier sur lequel on s'appuie. Et ce qu'il disait (« Ils ne le savent pas ») pouvait être interprété autrement : ils ne savaient pas qu'elle avait des sentiments amoureux pour lui et vice versa…

Cette conversation de près d'une heure et demie me laissa pantelant psychiquement.

Jamais je n'aurais pensé avoir fait une analyse aussi juste la concernant. Mais il me restait qu'elle était encore travaillée par le fait que notre relation pouvait être amoureuse… Cela détonait dans le contexte du reste de la conversation, qui montrait chez elle une belle évolution. Mais je craignais que je ne fusse pas le bénéficiaire de cette évolution bien que j'en fusse l'artisan principal. La suite des événements le dirait…

Tout cela était bizarre. J'avais l'impression qu'on nous surveillait, qu'on nous manipulait, que ça s'emparait de nous...

Mais qui était ce « on » ? Ou qu'était-ce « ça » ?

En me quittant, elle me demanda si je voulais qu'on s'appelle le lendemain. Je répondis : « Oui... » Elle insista :

« Tu veux vraiment qu'on s'appelle demain ?

- Oui ! je te dis. Bien sûr...
- Bon, je verrai ce que je peux faire...
- J'attendrai ton sms. »

On s'est quittés, je lui ai dit : « Gros bisous, je t'aime. » Elle a répondu : « Moi aussi gros bisous. »

Auparavant je lui avais répété que je lui dirais toujours : « Je t'aime » et que rien ni personne ne m'empêcherait de lui dire.

Vers une heure de l'après-midi, elle appela chez moi pour me parler d'une affaire de décès dans la famille d'une amie commune. J'étais assez surpris, car nous en avions parlé le matin... Je supputais qu'elle cherchait un prétexte pour me parler. Une heure plus tard, je lui envoyai un sms : « Ça va ? Tu voulais parler tout à l'heure ? » Quand elle avait appelé, elle attendait qu'on vienne la chercher pour aller faire les soldes. C'est pourquoi j'avais attendu qu'elle soit partie de chez elle. J'imaginais bien qu'elle aurait des difficultés à répondre...

Je réfléchissais à la discussion du matin. Pourquoi a-t-elle eu cette dispute avec son mari ? Et pourquoi me l'avoir racontée dans ses moindres détails ?

Elle est même revenue sur le jour où son mari avait levé la main sur elle et qu'elle avait trouvé cela normal, car elle le trompait. J'ai protesté, elle me dit que son médecin avait dit comme moi, rien ne pouvait la faire accepter qu'il levât la main sur elle… Le geste n'avait pas été grave, mais il n'en était pas acceptable pour autant.

Avant de lui téléphoner ce matin, j'avais eu l'intention de lui demander s'il n'y avait pas autre chose que les sentiments pour son mari qui l'avaient empêchée de se mettre avec moi… Puis j'ai oublié. Mais en fait, je lui ai bien posé la question et elle a répondu qu'elle n'en savait rien.

Ce qui est assez nouveau également dans cette conversation de ce matin, c'est qu'elle a parlé de nombreuses fois de l'hypothèse de vivre ensemble. Elle en a parlé au passé bien sûr, mais auparavant elle n'en parlait jamais… C'est donc qu'elle y pensait à cette hypothèse. Chez elle rien ne venait tout droit, ça arrivait toujours en prenant des détours… Et c'était la première fois qu'elle parlait de quitter son mari, même pour « vivre seule » s'il le fallait !

Je devrais lui demander si son mari était brutal avec elle. Si elle avait peur de cela.

Elle n'avait plus de famille.

J'espérais qu'ils ne vont pas se « réconcilier » ce soir alors gare à demain pour moi !

Elle n'a pas répondu à mon sms.

Je faisais un rapprochement entre cette conversation pleine de lucidité qu'elle a eue avec moi la veille et aujourd'hui et sa crise aiguë de paranoïa de jeudi matin (l'avant-veille). Cette dernière a été un barrage à sa prise de conscience. Une fois cette barrière abattue, sa prise de conscience a pu progresser. Cette crise avait été le dernier système de défense de sa psyché.

Je le pensais sincèrement. Mais était-ce vrai ?

Je me mis à lire un livre : « Nyarlathotep » de H. P. Lovecraft… J'ai mis du temps à me rappeler que je venais de l'acheter à la FNAC…

Mais, bon Dieu : pourquoi avais-je acheté ce livre ?
Après un court texte consacré à cette entité, il contenait plusieurs nouvelles de Lovecraft assez inégales, mais c'était toujours du Lovecraft…

Deux rêves :
J'étais dans une très grande ville inconnue et j'entrai dans un magasin très vieillot.
Je m'installai sur une chaise et regardai un film. Je n'attendis pas la fin du film et sortis dans la rue. Une fois dehors je me suis aperçu que j'avais oublié mon sac. Je retournai au magasin. Je récupérai mon sac et aperçus un sac de femmes. Je l'identifiai comme son sac à elle. Mais le patron de l'établissement le contesta. Je lui demandai de me laisser regarder dedans, j'aurais reconnu ses affaires. Il refusa catégoriquement.
Mon inconscient me disait que j'avais encore bien des choses à découvrir sur elle. Ce n'était pas en me faisant des films que j'y parviendrais…
Le sac de femmes symbolise le sexe féminin. Ce serait donc sur ce plan que j'avais encore bien des choses à découvrir, bien que connaissant bien son vagin pour l'avoir bien exploré avec diverses parties de mon corps.

Je venais de traverser le gué d'une rivière en voiture et je me trouvais sur une route qui partait tout droit jusqu'à l'horizon. Il y avait là-bas le massif montagneux récurrent de mes rêves.
J'étais inquiet. Je vois un homme sur le bord de la route et je lui demande : « C'est pas Marseille par là ? ».
Il me répondit d'un air rassurant : « Si ! C'est bien Marseille par là ! »
Et je repartis un peu inquiet quand même. La route longeait la rivière…

J'arrivai à bon port à ma réunion. Je ne sais pas, ça ressemblait à une réunion, mais je m'installai pour longtemps. Deux amis arrivèrent dont l'un d'eux était un oncle à son mari. J'étais très heureux de les voir.

Je me disais que c'était très bien à part le fait que je devais retourner d'où j'étais venu pour ramener mes affaires. J'étais bien arrivé et maintenant je connaissais le chemin…

Ce rêve parlait de ma relation avec elle. Je m'installais dans cette relation avec la nostalgie d'aller rechercher ce qu'il y avait avant. Je connaissais le chemin pour y retourner… Je devais être patient.

Jean Calmet 1

Il faisait la sieste quand son smartphone sonna. Il avait choisi comme sonnerie une chanson de Sepultura « Roots Bloody Roots »… Je ne vous explique pas l'effet… Ça réveille les neurones !

« Allô ? Salut Howard ! Qu'est-ce qui t'amène ? Je vois que ton interface fonctionne à merveille…

- Bonjour. Oui ça marche bien. Je t'appelle, car il y a des événements à Espérance. Et pas qu'un peu !

- Ah ? Raconte.

- D'abord, le retour de Garand qui manigance quelque chose, car il est allé chercher le corps d'un suicidé de la route. Pourquoi a-t-il récupéré ce corps ?

- Il est revenu… mais quel rôle joue-t-il cette fois ?

- Eh bien celui qu'il préfère, celui de commissaire, comme à tes débuts… Je crois que tu devrais venir… Vas-tu en parler à Alice et à sa mère ?

- Je ne sais pas. Mais ce qui est sûr c'est que je vais venir, moi… À plus ! »

Il coupa la communication… Et réfléchit à comment il allait présenter la chose à Véro… Alice et elle étaient dans le salon… Il s'y rendit. Il réfléchissait vite. Pas aussi vite que Garand, mais vite quand même.

« Quelqu'un t'a réveillé ? » Demanda Véro, les yeux pleins de malices…

Il répondit : « Oui hélas ! Howard m'a prévenu d'événements qui ne me disent rien qui vaille à Espérance…

- Ah ? et lesquels ? »

Elle discernait une gêne chez son compagnon…

« Eh bien trois événements : d'abord l'arrivée de Garand à Espérance... S'il est là c'est qu'il a été envoyé. Lui-même ne sait même pas pourquoi, mais il y a une raison...

-   Ben oui, ce n'est pas une très bonne nouvelle. C'est bizarre, je n'ai pas fait de cauchemar...
-   Tu vas en faire un. Il faut que l'événement arrive jusqu'à toi. Mais on ne sait jamais les détours qu'il fait... tu me raconteras quand tu le feras...
-   Et les deux autres ?
-   Garand a récupéré le corps d'un accidenté de la route ici, et l'a emmené à Espérance.
-   Dans quel but ?
-   Si je le savais...
-   Et... y a-t-il d'autres événements ?
-   Oui, il y a eu un grave attentat...
-   Ah Zut ! Nous voilà repartis... Alice, qu'en penses-tu ?
-   Pas grand-chose. Pour le moment je n'ai rien détecté. Mais je crois qu'il faut qu'on se rende là-bas... N'est-ce pas papa ?
-   Oui, ma fille, répondit Jean.
-   Et toi Véro, que comptes-tu faire ? ajouta-t-il.
-   Maman, je ne sais pas si tu dois venir, vu la présence de Garand.
-   Si ! Si ! Je viens. Je ne fuirai pas comme la dernière fois !
-   Comme tu voudras, répondit Jean »

Il était néanmoins, inquiet, connaissant l'ascendant terrifiant de Garand sur sa femme...

Garand, 4

Il devait maintenant s'occuper de l'attentat, en attendant son petit numéro de nécromancie de la nuit prochaine. Heureusement qu'il n'avait pas besoin de dormir, sinon il n'arriverait jamais à tout faire…
Il fallait qu'il pense à appeler Jean Calmet pour lui demander quelque chose.

Il n'était plus le même Garand qu'autrefois. Ils avaient changé son programme. Il s'en rendait compte. Son côté sombre et méchant n'existait plus… Il avait déjà été reformaté partiellement lors de l'épisode des neozons, ce qui l'avait amené à rendre service à Alice… Il ne savait toujours pas si la jeune femme était sa fille ou celle de Jean. Mais peu importait…

Il se rendit à pied à la mairie pour participer à la cellule de crise.

Puis, à la nuit tombée, il monta au cimetière en empruntant le sentier et les escaliers qui gravissent la colline. Il escalada sans problème le portail d'entrée et, dans la nuit noire, avec ses yeux de chat, il trouva son chemin jusqu'à la tombe.
Il descella la dalle et ouvrit facilement le cercueil dans lequel le zombie le regardait avec des yeux exorbités…
« Tu es terrifié ! N'aie crainte. Tout va bien. Je vais procéder à un rituel assez désagréable. N'aie pas peur ! »
En fait ce rituel était un métissage de deux rituels différents, mais de la même famille, donc incestueux : la création du Golem selon la tradition juive et la nécromancie selon Joseph Curwen. Ce dernier rituel a été

exposé par Lovecraft dans son court roman *L'affaire Charles Dexter Ward*…

Mais pour pouvoir l'exercer, il faut avoir eu un lien avec Nyarlathotep, le maître des sorcières. Et l'avoir gardé même ténu… De fait, Garand avait suivi Alice sur Titan où est maintenu captif Nyarlathotep[2], il avait alors établi le contact. Mais « avoir le contact » ne voulait pas dire savoir où il se trouvait…

Il s'éloigna et trouva sur place la brouette du gardien du cimetière. Il se dirigea vers le carré musulman où des espaces de terre nue subsistaient, vu les règles de l'enterrement des morts de cette religion. Avec la pelle qu'il avait amenée, il remplit la brouette de terre et retourna à la tombe du zombie. Ses yeux de chat lui permettaient de circuler sans encombre.

Arrivé au bord de la tombe il vida la terre dans le cercueil en basculant la brouette.

Il maugréait contre ces traditions stupides d'enfermer les morts d'abord dans une espèce de caisse en bois et cette dernière dans une grande caisse en béton…

Il dut faire plusieurs voyages pour que le corps soit complètement recouvert de terre.

Puis, il récita les incantations de Joseph Curwen.

Y'AI'NG' NGAH

YOG-SOTHOTH

H'EE – L'GEB

F'AI THRODOG

UAAAH !

La terre qui remplissait le cercueil se mit à trembler, à bouger… Et le corps qui y était enfoui se leva, émergea de la matière qui le recouvrait et poussa un cri de haine et de bonheur mêlés…

---

[2] Voir « Yuggoth et Titan »

Journal de Wilcox 3
En mai, fais ce qu'il te plaît

Quel superbe samedi ! Une très longue journée si riche en évènements.

Son appel est arrivé à 10 heures 30. Elle avait été très stressée, car son mari ne partait plus !

Elle l'était restée, stressée, car on avait peu de temps devant nous et elle avait beaucoup à faire.

En d'autres temps, elle aurait dirigé cette tension contre moi... Mais pas ce jour. Elle est restée très aimante.

En début d'après-midi je l'ai rejointe pour organiser un travail qu'elle allait faire avec une amie commune. Elle était très belle en ensemble veste et pantalon de jeans, avec un bustier près du corps marron très foncé bordé de dentelle et décolleté. Par-dessus elle avait un imper blanc en plastique avec capuche.

Elle était très heureuse de me voir et ne se gênait pas pour le montrer.

Puis en fin d'après-midi je l'ai rejointe pour faire le point.

On s'est donc retrouvés en tête à tête.

On a fait quelques travaux de réparations dans le local. J'ai fait quelques tentatives de la tenir par la taille, de l'embrasser sur la bouche. Elle esquivait en riant.

Puis je la pris par la taille sur le côté et elle posa sa tête sur mon épaule. Je lui caressai la joue et je l'embrassai. Elle répondit passionnément à mon baiser.

Au début elle resta un peu hésitante. Elle fit la moue et posa son front contre le mien. Puis elle se décida à assumer ce flirt très poussé et m'embrassa même sur le nez comme elle aimait bien le faire...

Nous nous sommes embrassés très longuement comme au bon vieux temps. Je l'ai caressée sur toutes les parties du corps. Un moment elle a dit : « Non ! » J'ai répondu : « Oui ! »… « Alors oui ? » a-t-elle répondu…

Je lui caressais son joli petit ventre en la félicitant de sa belle tenue.

Je lui ai dit et répété : « Je t'aime, mon amour… » Elle ne disait rien.

Je lui fis la remarque :
« Tu ne veux pas me le dire…

- Cela ne doit pas être comme avant…
- La dernière fois qu'on a fait ça, c'était le 21 janvier…
- Trois mois. Dit-elle en comptant sur ses doigts. La prochaine fois ce sera en août, je suis en vacances…
- Oui, mais tu pourras venir ici… »

J'ai commencé à la caresser au sexe à travers le jeans. Elle ne cacha pas son plaisir qui montait puis s'écria : « Arrête ! »

Elle le répéta à plusieurs reprises. Très véhémente.

Je lui répondis : « Tu as peur du plaisir. Pourquoi ne profites-tu pas du plaisir qui t'es offert ? »

J'avais une très belle érection et je me frottais contre elle au travers du tissu de nos jeans…

Elle resta muette. Je pensais qu'elle ne trouvait pas le plaisir avec son mari comme elle l'avait trouvé avec moi… Mais elle ne voulait pas que cela redevienne comme avant…

« Tu vas repartir tout excitée ! ajoutai-je…

- Non ! affirma-t-elle sans conviction… »

J'avais tenté de défaire sa large ceinture, mais à chaque fois elle repoussait ma main.

Nous étions debout. Nous n'avions aucune possibilité de nous asseoir pour faire ce que nous faisions.

Parfois je posais mon visage sur son décolleté et embrassais ses seins. Elle se laissait faire… J'ai tenté de déboutonner son corsage ; mais elle m'arrêta fermement au troisième (tout petit) bouton. Et comme elle n'arrivait pas à se reboutonner, je le fis…

Elle s'inquiétait constamment d'être surprise.

« Mais personne ne peut venir sans la clé ! La rassurai-je.

- Mais si ! quelqu'un peut venir avec la clé…
- On va l'entendre et on arrêtera… »

En fait, avec le recul, elle devait se demander comment faire pour aller plus loin sans être en danger… J'ai dû le pressentir et lui proposai d'aller dans une autre salle. Elle ne répondit pas, mais resta sur place…

Elle craignait qu'on nous entendît à travers la porte. On se déplaça donc…

Ensuite je l'ai appuyée contre le mur, elle se lança dans un baiser complexe et sophistiqué auquel elle participait activement…

Ces baisers que nous nous donnions, nous faisaient embrasser nos lèvres, sentir les commissures, tendrement et sensuellement, la lèvre du bas puis la lèvre du haut, tout en activant notre langue dans la bouche de l'autre, en caressant les dents avec, mais aussi avec les lèvres… Nous explorions nos bouches dans les moindres détails, dans les moindres parcelles…

Elle croisait ses pieds au niveau des chevilles et se laissait aller, pâmée en arrière, dos appuyé au mur.

À ce moment-là, je sentis une faiblesse venir. Mon érection, qui avait duré jusque-là, s'éteignit. Je me sentis mal.

Je voulus poursuivre (ça faisait presque une heure qu'on s'activait ainsi…), mais le malaise vagal me prit. Je dus aller m'asseoir et je me sentis vraiment mal.

J'étais honteux de prendre ainsi un malaise. Et surtout très frustré. Car je sentais que le moment allait venir… Bonsoir ! Pas de chance ! Plus tard mon médecin m'expliqua que la longue station debout créait un malaise vagal.

Ah ! Cette femme que j'aimais tant, qu'elle était dure à baiser !

Elle s'occupa activement de moi.

Puis ça me passa un peu et nous pûmes repartir. Je la raccompagnai jusqu'à sa voiture et elle se proposa de m'appeler pour savoir si j'étais bien rentré.

Une fois arrivé chez moi, j'entendis le téléphone sonner et elle prit de mes nouvelles. Évidemment nous ne pouvions pas parler librement.

Elle a été formidable !

Comme je l'aime… « Je t'aime trop ! » Lui avais-je répété à plusieurs reprises quand nous étions amoureusement liés par nos sens…

Je craignais sa réaction le lendemain. Et les jours suivants. Elle m'avait promis que tout irait bien.

Le problème c'est que je ne pourrais pas lui parler en toute liberté le lendemain…

Elle était partie faire un travail.

Échange de sms :

« T'es partie ?

- Oui
- Bon courage. Vas-y doucement. À tout à l'heure.
- Ça grimpe, mais c'est beau.

- On est le 14. je t'aime très fort mon Ange. Ménage-toi. »

Puis on s'est retrouvés vers 14 heures après son coiffeur. Ça me rappelait un très bon souvenir… Un vendredi aussi en août, juste avant qu'elle ne parte en vacances…

Dès que je l'ai vue si belle… Quand je lui ai dit bonjour, je l'ai serrée dans mes bras. Elle s'est laissé faire. Puis nous sommes entrés. J'espérais qu'il se passerait quelque chose, car elle m'avait donné rendez-vous là alors qu'on aurait pu régler le problème par téléphone…

Elle n'a pas résisté longtemps. Elle attendait visiblement ce moment avec impatience.

On s'est embrassés passionnément, je la caressais sur tout le corps, la taille, les hanches, les fesses, puis je lui ai caressé un sein sous son corsage, ce corsage marron très décolleté avec ses seins serrés vers le milieu de la poitrine par le soutien-gorge. Elle a protesté au début puis s'est laissé faire. J'ai défait tous les petits boutons, un à un. Et nous sommes allés plus loin, bien plus loin.

Entre chaque moment de plaisir, elle me disait de sa voix chaude : « Je t'aime, mon amour, mon trésor, mon chéri… »

Puis elle me mit assis sur une chaise et elle s'assit sur mes genoux. Elle m'embrassa, je caressais ses cuisses et l'entre-deux jambes au travers de son jeans…

Elle soupira en fermant les yeux : « C'est fou l'effet que tu me fais… »

« On recommence ? » Demandai-je… « Non… » Répondit-elle.

Elle avait trop peur d'être surprise… Tout au long de nos rapports physiques, elle se plaignait de temps en temps : « Et si quelqu'un venait ?… »

Je lui fis remarquer que cette fois je n'avais pas pris de malaise…

Je voyais parfois son visage s'assombrir. Je lui demandai alors de se ressaisir :

« J'ai peur, ne culpabilise pas, s'il te plaît…

- Ce n'est pas facile…
- Oui je sais, mais il ne faut pas se laisser faire…
- Qu'est-ce qu'on va faire de nous ? »

Je lui ai répété plusieurs fois : « Je suis à toi, rien qu'à toi, à toi toute seule… »

« Tu es belle, tu es la plus belle… » Répétais-je.

Et puis : « Tu as un sexe formidable. J'adore ton sexe. »

Puis elle a fumé une cigarette et a cherché à se voir dans un miroir. Elle n'a trouvé qu'une vitrine pour se regarder…

« J'ai la mine défaite ! » Puis elle me regarda légèrement de haut en souriant, presque fière : « J'ai les yeux cernés hein ? »

Puis nous sommes sortis et avons rejoint nos voitures. Là elle me dit :

« Je t'aime. Je n'y peux rien. J'ai essayé de m'en débarrasser, mais je n'y arrive pas… Je faisais comme si ce n'était pas vrai, mais je te le dis : je t'aime ! Mon trésor. Mon chéri…

- Je sais. Je l'ai toujours su… C'est très solide ce qu'il y a entre nous. Sois sereine. Je ferais n'importe quoi pour que tu sois sereine… »

Elle m'a dit ça comme pour me dire : « Quoi que je te dise demain, n'oublie pas que je t'aime… »

Je me plaignis de ne pas la voir pendant ses vacances…

« Et moi donc ! Moi non plus je ne vais pas te voir… Heureusement qu'une de mes filles vient passer trois jours avec nous… parce que… »

Elle me fit quelques allusions pour me dire qu'elle s'emmerdait avec son mari… Je tentai de lui en faire dire plus, puis je conclus :

« Non ne dis rien, je ne veux pas te torturer…
- Oui, ne me torture pas…
- Le seul moyen de vivre notre amour est de vivre ensemble…
- C'est trop compliqué…
- Moi j'ai commencé à préparer le terrain de mon côté. Je suis prêt. Toujours disponible. »

J'étais convaincu que ce serait la seule solution…

Maintenant je croisais les doigts pour que le lendemain samedi ne soit pas un de ces samedis terribles…

La dernière fois qu'on avait fait ça remontait à loin : à sept mois !

Je risquais de le payer très cher demain. Mais ce jour elle m'avait dit que quoi qu'il se passât, je devais retenir qu'elle m'aimait ! C'était nouveau ça… Et si agréable à entendre…

Cela faisait plus d'un an qu'on avait notre liaison (un an et quarante-quatre jours). Et elle continuait toujours à me dire qu'elle m'aimait. Moi je n'avais jamais cessé de lui dire.

D'autre part ce jour était un jour anniversaire… Le 14 mai était le plus beau souvenir charnel que nous avions…

J'avais constaté qu'elle était très aimante. Il y avait eu le 1er mai, puis ensuite quelques moments de révolte contre son amour. Elle s'était vite rattrapée ensuite.

Ce samedi restera dans les annales.

Bien sûr elle culpabilisait un peu, mais elle ne reculait pas pour autant. J'aurais même dit : au contraire.

Elle m'a fait de véritables déclarations d'amour. Elle m'a dit « je t'aime, tu es mon trésor » à de nombreuses reprises…

Elle a confirmé ce qu'elle avait dit la veille : qu'elle m'aimait toujours, qu'elle m'avait toujours aimé même si elle avait tenté de faire croire le contraire…

« Ça fait plus d'un an que ça dure et ça n'est pas passé. » Dit-elle.

Mais elle n'aimait pas que je lui dise qu'elle m'aimait.

« Déjà notre amitié était passionnelle avant notre liaison! » Ajoutai-je. Elle fut d'accord avec cela.

« Tu as le droit d'avoir une vie privée même par rapport à tes proches, à ton mari, tes enfants… » Lui expliquai-je. « C'est ce que ma psy m'a toujours dit… » Ajoutai-je.

Elle m'a dit qu'elle avait raconté à son amie à quel point elle était encore attirée par moi. Elle avait également raconté à une amie l'anecdote des gerbes de fleurs sur les tombes : alors que je lui avais expliqué que la municipalité déposait des gerbes sur les tombes des anciens élus pour la Toussaint, elle m'avait dit : « Quand je serai morte, tu ne laisseras pas la gerbe de ces cons sur ma tombe… » J'avais protesté en disant que c'est moi qui mourrais le premier…

En me racontant cela, elle prit conscience que le fait d'avoir parlé de cela montrait à quel point elle et moi étions restés proches…

Pour son amie elle avait insisté pour dire : « Ils pensent qu'il n'y a plus rien… » Elle voulait dire qu'elles pensaient qu'il n'y avait plus de rapports physiques… Pour elle, le "péché" c'était cela…

On a beaucoup parlé de se mettre ensemble. Je lui ai même proposé des stratégies pour cela… Mais elle n'en était pas là…

« Il faut qu'on parte un mois ensemble !

-   Et que va-t-on faire en revenant ?
-   Se mettre ensemble… Avoir été absent long-temps donnerait le temps à ton conjoint de ré-fléchir… »

Je lui ai posé la question : avait-elle peur de son mari ?
Elle m'assura que non. Mais je n'étais pas convaincu…

« On finira par être ensemble, j'en suis sûre ! » Ah…
voilà qu'elle se rendait à la même évidence que moi…

Vraiment elle était très amoureuse ce samedi. On a
même parlé ouvertement de nos rapports physiques de
la veille, ce qui était nouveau chez elle…

« Ah maintenant si je savais que tu avais quelqu'un
d'autre je serais très jalouse ! »

 « Mais alors, j'aurais envie de la pousser dans l'escalier !
s'exclama-t-elle !

-   Ah ! C'est exactement l'expression que j'ai utili-sée à propos de ton mari ! »

Elle ne voulait plus m'en vouloir après le plaisir sexuel
pris avec moi. Elle sentait remonter l'amour et mardi
elle avait été agressive, car elle avait lutté inconsciem-ment contre ça. Je lui ai dit que j'avais fait la même ana-lyse. Elle a utilisé le terme d'émotion. « Je sentais
l'émotion remonter… » Avait-elle dit.

Elle me rappela la description que j'avais faite au télé-phone mercredi : je lui avais décrit comment
j'embrasserais toutes les parties de son corps. J'étais
stupéfait qu'elle eût accepté et elle m'avait écouté reli-gieusement.

Et là elle me dit : « Je me suis dit qu'il fallait que je te
laisse faire ce que tu m'avais décrit…

-   Ah faudra que je recommence alors… »

Je lui ai dit que j'adorais lui faire cela. J'adorais son petit
sexe si mignon. Elle ne s'effaroucha pas.

« J'aurais aimé faire plus, mais tu n'as pas voulu enlever ton pantalon…

-   Oui, moi aussi j'aurais aimé, mais tu nous vois si quelqu'un était venu ? »

Toujours cette obsession…

« Étais-je correct ? Me suis-je bien conduit ?

-   Oh oui, toi tu étais impeccable, parfait… »

Elle m'a parlé de ses vacances et m'a assuré à plusieurs reprises que je ne devais pas m'inquiéter…

Pour me montrer à quel point elle m'aimait, elle m'a raconté que lors de ses vacances de septembre, elle « reconstruisait » son couple et avait eu des rapports « torrides » avec son mari et elle m'avait demandé pardon après… J'aurais mieux aimé un autre exemple, mais c'est vrai que c'était assez fort… Et puis ça m'a mis en colère : la veille de partir en vacances, en août, elle était venue se faire quelques orgasmes avec moi pour se mettre en bouche avec son mari… En fait elle baisait avec son mari et elle pensait à moi.

« Je me souviens quand tu es revenue et que tu as rompu avec moi, tu m'avais fait pourtant de vraies déclarations d'amour ! Très contradictoire… » Remarquai-je…

Elle m'a répété de ne pas m'inquiéter pour ces vacances qui allaient venir : « Non ! Tu ne me perdras pas… » A-t-elle assuré… Et elle a convenu que je pouvais l'appeler deux fois dans la semaine. « Moi aussi je t'appellerai sans doute… » Promit-elle. On pourrait sans doute s'appeler dimanche matin le 30 mai.

Un moment dans cette conversation elle a parlé de « décision »…

« Mais… tu vas prendre une "décision" pendant ces vacances ? Lui demandai-je, inquiet…

-   Non ! Je ne prendrai aucune décision… je laisserai faire les choses…

84

- C'est ton dicton ça "laisser faire les choses",
  mais tu ne l'as jamais appliqué à toi-même pour
  notre liaison... Le moment serait donc venu
  que tu l'appliques ? »

J'ai trouvé même qu'elle avait évolué au cours de la discussion... Elle admettait le plaisir qu'elle avait pris avec
moi. Elle ne le refusait pas comme elle en avait eu la
velléité au début...

Elle m'a fait beaucoup de compliments : « Tu es formidable ! Un homme extraordinaire. Tu es si gentil, si
patient avec moi. Si compréhensif. Je te l'ai souvent dit :
bien des femmes rêveraient d'avoir un homme tel que
toi ! Tu es vraiment un trésor toi. Tu es mon trésor. »

À ce moment-là je lui répondais : « Pourtant tu ne m'as
pas pris ! »

On a convenu tous les deux qu'un amour aussi fort
aussi solide que le nôtre n'était pas facile à vivre... Elle
a fait la même analyse que moi sur son arrêt maladie :
« C'était mon amour pour toi qui me travaillait... je
devais m'arrêter pour évacuer tout le reste et me con-
centrer sur cela... » M'a-t-elle expliqué. Quand elle se
faisait croire qu'elle ne m'aimait plus, elle se sentait sereine, mais l'émotion est remontée.

On n'allait pas se voir pendant quinze jours ! Elle me le
rappela. Je n'ai rien dit. Mais je devais prendre une ini-
tiative pour la voir...

Pour le lendemain dimanche, elle ne devait pas être
disponible, car ils n'allaient pas manger dans la famille.
Mais au cas où son mari sortirait, je lui demandais de
m'envoyer un sms... Elle accepta.

On s'est quittés sur des « je t'aime » échangés éperdu-
ment. Cela n'était pas arrivé depuis très longtemps... Je
lui demandai de raccrocher (elle devait se préparer pour

partir aux courses…), mais elle n'y parvenait pas et c'est moi qui l'ai fait…

Ce samedi matin fut merveilleux. Trop merveilleux. Ce qui fait que, quelque part, une sourde inquiétude me narguait… Cela apparaissait comme trop beau pour être vrai…

Je ne devais rien faire qui puisse développer sa culpabilité avant qu'elle parte. Se sentant coupable elle chercherait à se faire pardonner par son mari…

Elle m'aimait toujours. Elle m'a toujours aimé même quand elle a tenté de faire croire le contraire. Elle ne parlait plus d'aimer « en tant qu'ami » ou d'aimer « beaucoup »… Il s'agissait vraiment d'amour amoureux. Cet amour était très grand. On finirait par vivre ensemble un jour. Je ne devais pas m'inquiéter pour ces vacances… Non je ne la perdrais pas, m'a-t-elle assuré.

Et je me mis à poursuivre la lecture de *Nyarlathotep,* aux éditions L'HERNE. Je lisais *Dans le caveau,* une nouvelle datée de 1925, publiée seulement en 1939. Je relus néanmoins un passage de *Nyaalathotep* : « Un sentiment de culpabilité monstrueuse s'étendait sur la terre, des gouffres intrastellaires surgissaient des courants glacés qui, dans les lieux sombres et déserts, faisaient frissonner les hommes ».

Je ressentais cette culpabilité. Cette liaison avec cette femme m'y inclinait. Mais je pressentais comme une culpabilité cosmique. Cette liaison me semble n'être que l'apparence d'une liaison occulte et profonde, très profonde.

« Nyarlathotep… le chaos rampant… Je suis le dernier… Je vais décrire le vide odieux… »

Oui… et Nyarlathotep n'est que le messager des autres Dieux et leur âme damnée. Il est parfois l'homme en noir. Nyarlathotep relève d'Azathoth en personne. C'est à lui que les sorcières faisaient allégeance par un serment terrible, ainsi que leur animal familier. Je pensais aussi à Brown Jenkin…

Mais où allais-je chercher tout ça ?

C'est qui Brown Jenkin ?

« C'est un rat, un rat très intelligent, mais très dangereux.

C'était le familier de la sorcière Keziah… Elle enlevait les bébés pour les offrir en sacrifice…[3]

« Mais qui me parle ? Qui êtes-vous ? ». M'exclamai-je, terrifié, jetant un regard horrifié de tous côtés… Et j'entrevis comme le mouvement d'un reflet noir disparaître soudain sur le côté.

Puis ce fut le silence…

Trois rêves :

J'étais à la mairie pour venir chercher un appareil de projection. Puis je me suis perdu. J'ai posé l'appareil assez lourd pour chercher mon chemin et je me suis carrément perdu.

J'étais avec des gens et au loin, au sommet d'une colline, en plein milieu d'une foule j'ai vu mon cousin et sa femme. Je leur ai fait de grands signes et ils m'ont rejoint.

Puis j'ai eu chaud et je me suis aperçu que sous ma veste je portais plusieurs pulls que j'ai enlevés.

Puis je vis son mari nu avec son tout petit sexe… Il me faisait vaguement de la peine…

Il y avait eu plein de gens qui sont passés dans ma maison et ils ont laissé plein de merdes à l'extérieur. Dans le grenier il y avait l'ancien directeur du théâtre (encore

---

[3] Voir « Yuggoth et Titan »

lui !) et le toit avait plein de fuites et tout était mouillé. Il faisait son lit dans cette humidité.

Un fait important : le grenier est vide, débarrassé du passé. Le directeur du théâtre représente le libertinage et il n'est pas à l'abri même dans le grenier.

J'étais avec Bayrou, l'homme politique et il me défendait, il parlait pour ma cause !

Voir un politicien : « Quelqu'un vous charme avec ses paroles. »

Jean Calmet 2

Le rêve de Véronique est arrivé !

De fait, c'est elle qui fait ce rêve, mais l'intrigue du rêve et les explications, c'est quelqu'un qui le lui raconte ! Ce quelqu'un c'est le zombie ! Le rédacteur du journal intime… Le rêve de Véronique, en quelque sorte, est celui de quelqu'un d'autre.

Il y avait une réunion dans le bar de la libertine. C'est moi qui tiens le bar et je lui fais la gueule. Un autre individu arrive, une de nos connaissances que je n'aime pas et avec qui elle avait eu de très bons rapports autrefois et qui m'avaient rendu jaloux. Il la prend par le cou, l'embrasse en lui disant « ma chérie ». Elle est dégoûtée, mais ne proteste pas pour me rendre jaloux. Puis le gars s'en va et elle va se baigner dans le lac en maillot noir une pièce, là où se déroulent les joutes nautiques. L'eau est boueuse.

Elle a un choix à faire pour que je sois heureux. Mais elle avait du mal, car l'eau dans laquelle elle se baigne est boueuse.

On ne se baigne pas à cet endroit qui est aussi le lieu où s'affrontent deux hommes avec de longues lances (symbole phallique). Une indication claire de son problème : deux tendances s'affrontent en elle.

Elle ne met jamais de maillot de bain une pièce. Rapprocher avec l'expression « tout d'une pièce ». Elle est « tout d'une pièce », elle ne peut pas se partager entre deux plaisirs… Le maillot réunit dans un même ensemble les deux zones sexuelles : les seins et le sexe, ces deux zones qui lui procurent toutes les deux un intense plaisir. Le maillot est noir et l'eau est boueuse. Tout cela n'est pas très positif, une profonde culpabilité vis-à-vis du sexe et du plaisir qu'elle prend avec moi. Car en fait, cette scène est très sexuelle et semble liée au complexe d'Œdipe, son père ayant été jouteur, donc ayant pratiqué ce bassin dans lequel elle s'est baignée. Elle en veut à son père de l'avoir amenée à rompre. Il y a donc un mélange des deux souhaits : celui de rompre pour faire plaisir à son père (elle veut lui rester "fidèle"...) et celui de prendre encore du plaisir avec moi.

« Voilà ! » conclut-elle, après avoir raconté cela à Jean...

« Ma foi ! » Dit-il en se caressant le menton.
« Mais comment sais-tu que c'est le rédacteur d'un journal intime qui te le raconte dans ton rêve ?
- Parce que c'est lui qui me le dit. Je suis allongé sur mon lit et il est assis à mon chevet, tout délabré par son accident, avec des blessures terrifiantes, un visage à moitié cassé...
- Ben, dis donc ! Ça ne devait pas être amusant...
- J'en suis encore tout retournée. » Approuva-t-elle d'une voix angoissée... »

Ils restèrent un moment silencieux.
« Difficile d'interpréter un rêve et son interprétation par le rêveur... Néanmoins, c'est encore cette passion que tu as eue avec Garand qui te travaille à chaque fois qu'il réapparaît...
- Tu crois que ça se résume à ça ?
- Oui, j'en suis sûr... Bon, maintenant il faut qu'on aille à Espérance. »

Journal de Wilcox 4
Et en juin encore mieux !

Je m'étais réveillé très tôt et très mal en point.

Elle avait commencé à rédiger une réponse à mon message amoureux du matin puis ne l'a pas envoyée…

Je le savais puisque je piratai sa messagerie électronique. Quelles supputations pouvais-je faire ?

Dans le message non clandestin, elle m'a demandé si ça allait mieux. J'ai répondu : « J'essaie… »

Mais j'avais la hargne qui remontait…

J'avais l'impression que je n'y arriverai jamais…

J'échafaudais plein d'actes de rétorsion à la con… que je ne mettrais pas en œuvre, heureusement…

Elle m'avait dit tellement de choses méchantes hier et avant-hier…

Par exemple, elle m'avait dit que j'avais fait une psychothérapie avec elle et elle aussi.

Si elle avait réussi cette psychothérapie, elle n'aurait plus ses symptômes hystériques, dus aux problèmes de vie commune avec son mari. Or ils s'étaient aggravés.

Quant à moi, je n'avais pas du tout l'impression d'aller mieux. Au contraire…

Entre midi je l'ai appelée l'angoisse au ventre et ça s'est très bien passé.

Je l'ai réveillée. Elle me répondit de sa voix ensommeillée.

Ce fut une conversation divine !

Elle m'a rassuré sur la psychothérapie. Elle m'a expliqué qu'elle avait commencé à rédiger un message et avait fini par renoncer, car c'était trop compliqué…

Cette femme avait le don de souffler le chaud et le froid et là ce fut brûlant !

Elle a de nouveau fait de beaux éloges sur moi. Me disant qu'elle avait placé la barre si haut pour moi que parfois elle se demandait si c'était possible, s'il n'y avait pas tromperie…

Je lui répliquais que moi aussi j'avais placé la barre très haut pour elle, et qu'à chaque fois qu'un problème s'était posé, je le posais en laissant la barre toujours aussi haute.

Elle l'admit…

À la fin elle me stupéfia avec une question… charnelle !

« Quelles parties du corps préfères-tu chez moi ? » Me demanda-t-elle.

Je fus abasourdi de bonheur. « Je suis en train de me rouler par terre de plaisir ! » Lui lançai-je.

Et je répondis : « Tes si jolis petits seins, ton cul (j'utilisai ce mot vulgaire, car elle venait de l'utiliser elle-même), ta bouche et tes yeux… » Elle marqua son étonnement pour le choix de son cul.

« Il est sublime, si beau, si rond, si bien proportionné, je n'en ai jamais vu de si beaux ! »

Et j'ajoutai : « Ce que j'aime plus que tout c'est t'embrasser et plonger mon regard dans le tien ! »

« Et toi, tu ne me demandes pas ce que je préfère chez toi ?

- Aaaahhh ! Tu me l'as demandé. Je n'osais pas en espérer autant. Oui ! Dis-le-moi !

- Ta bouche aux lèvres douces et épaisses, d'une grande mobilité. J'adore ta bouche. Et tes mains, si grandes et si belles… »

Puis en fin de compte, je l'ai croisée à une réunion le soir.

Elle était toujours aussi belle. Et voici ce que je lui ai écrit pour son message du lendemain :

« Cet ensemble noir sur ce bustier blanc décolleté. Ah comme j'aime plonger mon regard dans cet interstice entre tes deux si jolis petits seins. Et ce pantalon dont le tissu révèle les formes de ce qu'il emballe, avec volupté, et qui, au toucher, semble inviter à sentir mieux la peau chaude et parfumée qui est dessous. J'ai rêvé toute la soirée de te tenir dans mes bras. Mais tu as remarqué que je n'ai pourtant jamais perdu le fil.

Hier midi nous avons échangé nos goûts sur les parties préférées du corps de l'autre. En fin de compte, à la réflexion, on ne peut pas faire mieux comme choix complémentaire: ma bouche et la tienne, mes yeux dans tes yeux, mes mains et tes petits seins et tes hanches, cette partie complète de ton corps si harmonieusement ronde, dont la rondeur est accentuée quand tu es assise, rondeur qui valorise ce si joli creux entre ton buste et la naissance de tes longues et belles jambes quand tu les croises. C'est divin ! J'ai envie de plonger ma tête là, de respirer l'odeur de ton corps, de prospecter. Tout cela, le haut et le bas, va si bien avec mes "belles" mains chaudes et mes lèvres si tendres et si consistantes.

Quel plaisir de t'embrasser partout, d'explorer ton corps avec mes mains et mes lèvres. »

Je suis encore tout ébahi de bonheur…

Après la réunion on n'a pas pu passer un moment ensemble, car un collègue était garé au même endroit que nous. J'ai remarqué qu'elle était déçue. Quand on est sortis du local elle a demandé à cet homme : « T'es toujours garé devant la porte ? » en espérant que ce fût le cas. Mais non…

On est quand même restés un moment côte à côte au feu rouge. Je lui ai envoyé un baiser discret de la main et quand c'est passé au vert elle m'a lancé un petit signe de la main. Jamais elle ne m'avait envoyé de baiser avec la main. Elle a beaucoup de difficulté à extérioriser ses sentiments. Ce n'est pas spécifique à sa relation avec moi. Par exemple, elle m'avait dit qu'elle n'avait jamais dit « mon chéri » à personne sauf à moi…

Elle a répondu avec un joli texte à mon message amoureux quotidien. Mais toujours aussi pudique. Elle veille à ne pas dire un mot amoureux.

Elle a éludé le contenu très sexuel de mon message (voir ci-dessus) en restant sur un plan descriptif : « Dis donc avec un message comme ça j'ai l'impression d'être miss Monde. » Mais je la connais elle adore ces descriptions sexuelles que je fais d'elle…

Elle a rappelé qu'on se ressemblait beaucoup « sauf sur un point » elle est beaucoup plus raisonnable et je suis tellement plus brillant.

Sur la messagerie officielle, elle m'a dit qu'on était « de vrais éclairs ». C'est vrai qu'avec elle j'ai trouvé mon égale dans la fulgurance de l'esprit ! Quel plaisir de bosser ensemble !

Je réfléchissais à cette semaine écoulée pleine de péripéties.

Je me souvenais qu'elle m'avait appelé « mon trésor » un moment. C'est assez rare qu'elle lâche des mots tendres…

Elle a été très contradictoire. Comme elle l'était quand elle se trouvait désemparée…

Elle a trouvé un prétexte pour m'appeler entre midi au lieu de faire la sieste dont elle avait pourtant tant besoin, car elle était très fatiguée…

La conversation devait être courte, mais elle a duré trois quarts d'heure…

Elle se plaignit que mon sms amoureux était arrivé tard. Elle l'avait attendu…

Un délice.

Autre chose.

C'était très curieux cette évolution : j'osais désormais lui parler et lui écrire, de sexe, de rapports sexuels entre nous deux, et, le sublime c'était que non seulement elle l'acceptait, mais elle le savourait sans en avoir honte sans s'en cacher ! Cela avait commencé pendant la semaine où j'avais pu lui téléphoner tous les jours entre midi. Deux fois j'avais décrit au téléphone pendant qu'elle somnolait, comment je l'embrassais sur tout le corps, en détail, langoureusement. Pendant que je le faisais, j'avais d'ailleurs une érection d'acier… Je m'imaginais comment cela devait réagir de son côté à elle… Elle m'écoutait religieusement, dans un silence total. Je l'imaginais nue sous sa couette. Ce n'était pas difficile, car je l'avais vue ainsi. Mais c'était il y a si longtemps.

Puis, le 14 mai nous avons eu des rapports physiques intenses. Un anniversaire en quelque sorte ! Une vraie fête d'anniversaire. Et ensuite, elle m'avait confié qu'elle avait tant aimé ce que je lui avais dit qu'elle avait voulu que ce soit fait en réalité…

Désormais elle ne craignait plus de parler sexe avec moi. Non pas des discussions philosophiques, mais des discussions sur des activités concrètes entre nous, concernant nos deux corps… Elle prenait visiblement son pied dans ces conversations.

Je n'avais pas eu peur de lui dire après lui avoir procuré beaucoup de plaisir que j'étais toujours à sa disposition… Elle n'avait pas protesté…

Encore autre chose.

J'ai relu son message de mercredi matin.

Elle y était à la fois tendre avec moi et très injuste. Comme elle savait si bien le faire.

Par exemple elle me reprochait de manquer de maturité, et elle écrivait : « Ça m'attendrit beaucoup, mais j'ai déjà donné. Merci. »

Elle m'avait toujours dit que son mari était immature. C'était vrai, le vrai petit à sa maman…

Elle reproduisait dans ce message ce reproche, mais elle le retournait (injustement) contre moi alors qu'elle avait décidé de rester avec son mari… C'était inouï !

Compliquée la fille, hein ? Comme elle le disait souvent elle-même.

Ah quel bonheur ce dimanche !

Elle m'a appelé à 9 heures pour me parler de travaux d'écriture qu'elle avait faits. Déjà délicieux.

Ensuite on s'est appelés en privé à l'heure habituelle.

Une délicieuse conversation.

On a parlé des vacances, des difficultés qu'on aura à se parler librement en août (pas de prétexte de boulot…)

« Ne t'inquiète pas ! Laisse faire, tu verras… » M'a-t-elle rassuré.

Finie l'idée d'utiliser les vacances pour « faire le point » sur notre liaison… De ne plus se voir pendant un laps de temps suffisamment long pour vérifier si elle m'aime toujours…

J'espérais qu'elle restât toujours sur cette position : « Laisser faire la vie… »

Puis elle m'a confié une anecdote extraordinaire.

Hier elle m'avait dit qu'elle avait acheté trois très belles roses blanches.

Elle avait raconté que son mari lui avait demandé : « Pourquoi tu achètes des fleurs ? »

Elle avait répondu : « Parce que j'aime les fleurs. »

Puis elle m'avait expliqué: « Les hommes ne comprennent pas le second degré. Je voulais lui faire le reproche qu'il ne m'en achetait pas… »

Son amie à qui elle avait raconté ça lui avait dit :
« Oh cela ne dure qu'un temps d'offrir des fleurs !

- Ah non avec certain ça dure ! ». Répondit-elle.

Je me suis exclamé que cela me faisait vraiment plaisir d'entendre ça.

« Oh, tu sais, elle n'est pas dupe, je crois… Comme elle partait, nous n'avons pas pu poursuivre cette conversation… » Ajouta-t-elle…

On s'est téléphoné plusieurs fois dans la journée. Elle m'a téléphoné.

Le soir on s'est vus à une réunion pour le boulot.

On a passé un moment ensemble avant et après.

Ce fut formidable.

Avant j'ai tenté quelques caresses, je l'ai prise par la taille. Elle était si belle en pantalon noir qui moule si bien son bassin, un bustier noir très décolleté moulant avec des petites bretelles et une veste blanche sans manches. Elle portait ses belles chaussures genre pharaon.

J'ai réussi à lui arracher un baiser sur la bouche.

Puis, après la réunion, on a passé une heure à parler.

Elle a parlé de nous deux.

« Nous avons parlé de nous et de la mort, une façon inconsciente de montrer que notre Amour est plus fort que la mort… » Lui ai-je écrit dans mon message du matin.

On s'est dit que l'on ne supporterait pas la disparition de l'autre.

On se demanda chacun quelle serait notre attitude si l'autre disparaissait.

Elle a parlé d'envie de suicide au début de notre liaison… Moi aussi…

Elle me dit qu'elle était très mal quand je partais en voyage d'affaires. J'étais loin d'elle.

De véritables déclarations d'amour !

C'est pourquoi j'ai aussi écrit dans mon message :

« … tu as bien parlé de nous deux, Tu l'as fait avec sérénité. Je sais que tu n'aimes pas que je le dise, mais cette conversation est de celles qui me montrent que tu m'aimes. Parce que tu m'as parlé avec Amour. J'en suis encore tout retourné. »

Elle m'en a encore appris sur elle. Ses rapports avec son père… Des rapports amoureux.

Je lui ai rappelé qu'un de ses rêves avait montré qu'elle avait fait son deuil.

« C'est vrai. C'est grâce à toi… »

J'interprétai ses paroles à partir de sa mimique amoureuse :

« Oui, tu as utilisé une grosse part de ton énergie affective pour moi… Expliquai-je.

- Oui c'est ça… »

Elle a reparlé de nos rendez-vous galants, dans sa voiture et chez elle. Elle n'en revenait pas d'avoir fait cela.

« On courait un gros risque, mais on s'en foutait ! dit-elle en souriant tendrement.

- Oui ! Mais il faudra trouver une autre solution…

- Comment ça ?

- Oui, une autre solution pour d'autres rendez-vous.

- Non… »

Elle le dit sans enthousiasme. En riant.

Elle rappela qu'elle pouvait être très horrible après des rapports physiques. Je lui répondis que cela m'était égal.

Elle ne voulait pas me faire souffrir… Elle était bien. « Comme ça... » Dit-elle.

« Mais je sais comment faire : il faut te prendre par surprise…

- Oui, par surprise…
- L'occasion fait le larron…
- Mais il ne faudra pas créer d'occasion… »

Elle le dit également sans enthousiasme. En souriant.

Elle tripotait son collier fait de petits cœurs reliés par un élastique…

Je lui ai aussi écrit :

« C'est dommage que lors d'une telle conversation si tendre, si sensuelle, si amoureuse, si amicale, si passionnelle, nous ne puissions pas nous prendre tendrement dans les bras pour se parler en mêlant nos deux souffles... »

« À demain, on se téléphone et on se fait une bouffe, dit-elle en riant… »

J'en profitai pour lui proposer de nouveau de la faire notre bouffe. Elle ne dit pas non, mais pas oui non plus…

« Tu amèneras ton bol et moi mon sandwich… Répondis-je

- Mais je te ferai à manger ! La seule fois que j'ai fait à manger c'était pour toi !
- Ah ??!!
- Ben tu te souviens bien…
- Ah oui, l'année dernière ! Chez toi. On avait passé une bonne soirée… s'il n'y avait pas eu ton mari. C'était plutôt professionnel.
- Oui, d'ailleurs j'y pense souvent. Mon amour pour toi était déjà présent inconsciemment ce soir-là… »

Quand on s'est quittés, je l'ai retrouvée au feu rouge. Je me suis arrêté à côté d'elle et je lui ai envoyé plein de baisers avec les mains. Elle riait…

Merveilleuse soirée.

Peu de sexe, mais beaucoup d'amour…

Elle m'a répondu avec un de ses messages rageurs… J'aurais dû m'y attendre. Mon message à moi était trop amoureux, trop sexuel. Mais je ne regrette pas. J'avais tenté pour voir. Ce n'était pas le message en lui-même qui avait produit sa réaction, mais son état à elle… Elle devait être comme ça déjà en se levant.

Toujours aussi cyclique.

En fait sa censure interne réagissait violemment contre le plaisir qu'elle avait à lire mes textes très sensuels…

Hier soir quand nous étions ensemble, son portable a sonné. Elle a répondu : « Allô ? » Plusieurs fois. Elle n'entendait rien affirma-t-elle.

Je réussis à obtenir le numéro qui l'avait appelée et ce matin je l'ai appelé. Je suis tombé sur le répondeur d'un ancien dirigeant de société…

Je lui ai fait part de cette info… Elle l'avait rappelé et lui avait laissé un message. On allait voir ce que cela allait donner…

Je l'ai appelée deux fois ce matin. Hier c'était elle qui appelait aujourd'hui c'était moi…

Elle avait de nouveau son rire hystérique avec un collègue de travail. Écœurant.

Je l'ai eue entre midi. Comme prévu ce fut assez dur. Très tendue la fille. Mais comme je la connaissais bien désormais, je sentais l'amour percer derrière son angoisse.

Par exemple elle n'a pas interrompu la conversation pour se préparer, elle a continué à parler tout en s'apprêtant.

De nouveau elle a employé le pluriel pour ses récriminations…

Finalement dans le pluriel elle incluait, avec moi, un ami commun et un collègue de travail… Inouï ! Elle avait trop d'hommes dans sa vie cette femme.

Seul son mari avait grâce pour elle, car il ne lui demandait rien. Bien sûr, un hamster ne demande rien…

Elle a été particulièrement horrible avec moi.

Finalement, la conversation a été interrompue. Puis je l'ai rappelée ensuite à propos d'un événement survenu dans mon quartier… Je l'avais déjà trouvée mieux…

Curieusement ça me rappelait le mardi 11 mai. Elle avait été encore plus terrible ce jour-là. Pour devenir très tendre le lendemain. Et très chaude trois jours plus tard. Faudrait trouver un prétexte pour se voir dans les jours qui viennent.

On verrait demain.

C'était drôle désormais c'était les mardis sa phase « sans »… Plus du tout les samedis…

Puis elle m'a appelé vers 16 heures 30… Elle avait son élocution "lèvres serrées", prise par l'angoisse. Mais ça s'était bien passé. Elle avait préparé des documents pour le boulot… Je lui ai demandé quand je pourrais venir les chercher, elle a répondu que je les aurais lundi à la réunion. Fallait tenter…

Dure journée !

J'ai retrouvé ma chérie complètement soumise à une violente angoisse. Dans la dernière période, ce stade ne durait qu'un jour. J'espérais que ce serait le cas encore cette fois…

Elle admet qu'elle a deux personnalités. Mais elle n'en tire pas encore les conséquences. Pas de reproches sur la teneur amoureuse de mes lettres. Elle trouve la dernière très bien. Elle m'a demandé de la rappeler entre midi.

Je lui avais transmis un film sur une clé USB.

« Tu penseras à me demander la clé, dit-elle. Ça fait sourire, on dirait deux amants qui se séparent et qui rendent les clés de l'appartement.

- Sauf que nous on n'a jamais eu d'appartement.

- Oui, on n'a eu que ma voiture…

- C'est pourquoi je l'aime beaucoup ta voiture. D'ailleurs à chaque fois que je vois la même je risque d'avoir un accident, car je la suis des yeux en espérant que ce soit toi qui la conduises… »

Elle a fait une belle analyse de la mainmise de ses beaux-parents sur elle. C'est nouveau. Très intéressant. Cela dénote une certaine évolution.

En fait, dans la conversation de l'après-midi (où elle m'est apparue fatiguée, différente…) elle a refusé mon terme d'"emprise" de ces gens sur elle. Elle a eu une espèce de sursaut de révolte pour me dire qu'elle reste une femme libre même avec son mari et sa belle-famille. Elle semble avoir oublié ce qu'elle m'a dit le matin avant son boulot. Ou regretter de me l'avoir dit…

Elle a insisté pour dire que sa décision de rester avec son mari est une décision de femme libre. À entendre la véhémence avec laquelle elle l'a dit, j'ai pensé que j'avais dû la vexer…

On a discuté de plein de choses : de vacances, de la mer où elle regrette de ne pas avoir pu m'y emmener visiter des lieux extraordinaires.

« Tout n'est pas perdu, peut-être un jour on pourra le faire… »

Quand je fais le bilan de ces deux délicieuses conversations téléphoniques, je m'aperçois qu'elle a été deux femmes différentes : l'une au boulot et l'autre chez elle… On s'est vus à une réunion et ensuite on a passé une heure à parler à côté de la voiture. Ce fut merveilleux. Elle n'a pas voulu que je l'embrasse. Mais je sentais bien que si on avait été dans un endroit discret j'aurais pu insister et j'aurais réussi…

Je l'ai appelée avec l'angoisse de ce que j'allais entendre. Après quelques mots je m'aperçus qu'elle était dans de très bonnes dispositions ! La seule crainte qu'elle avait c'est que je n'appelle pas. Jeudi, elle avait eu cette attitude pour me dégoûter et quand elle a cru que cela pouvait être réalisé elle a paniqué. Elle m'avait trouvé très fatigué jeudi soir. Ce qui était vrai. Elle en avait ressenti de gros remords. Quand elle m'a laissé et qu'elle a poursuivi son chemin en voiture, elle a eu envie de faire demi-tour et de venir me consoler.

« Ah ! Tu aurais dû le faire.

- Ah non heureusement, car tu sais comment je te console…

- Oui je sais justement ! »

Elle rit. Nous avons eu des échanges passionnants. « On n'a rien à se dire, on a tout à se raconter » comme elle l'a dit. Elle avait trois reproches à me faire. Je les ai bien pris en compte et lui assurais que cela ne se produirait plus.

Nous avons été obligés d'arrêter notre conversation. Elle m'a dit « je t'aime ». Je n'en revenais pas. « Je t'aime » ai-je répondu très heureux.

Elle m'a donné un rendez-vous téléphonique le lende-main où elle me préviendrait que la voie est libre en m'envoyant un sms vide.

Depuis le début de notre liaison elle alternait ainsi les périodes de culpabilité envers son mari et les périodes de culpabilité envers moi. Cela ne doit pas être facile à vivre pour elle non plus.

J'ai attendu son sms qui est vite arrivé. Quelle joie. J'ai immédiatement appelé. Nous avons encore parlé presque une heure. Elle m'a dit : « C'est fini, mais on peut se dire "je t'aime" puisque c'est vrai. C'est pas in-terdit. Tu le sais que je t'aime. Je ne pourrai jamais me passer de toi.

- Oui je le sais, mais j'aime mieux l'entendre. Ça fait énormément plaisir. »

Nous avons parlé de son état de santé, de ses angoisses, de sa jeunesse. Ce genre de conversation tellement déli-cieuse.

Elle m'a invité à lui téléphoner le lendemain à 13 heures 45 « pour avoir plus le temps de parler. » Mais demain c'était lundi, ce n'était pas son jour en général.

Quand nous avons raccroché, je suis parti et j'ai eu un sms de sa part : « Je t'aime tellement ».

J'ai été stupéfait. Moi qui n'osais pas lui envoyer des sms. Je lui répondis « Moi aussi », mais le message ne passait pas. Quelle angoisse. Finalement il est bien parti. J'espère qu'elle l'a eu à temps.

Cette journée était merveilleuse.

Le matin son message était sublime. Elle a beau parler d'amitié, mais ses messages sont de vrais messages d'amour.

J'étais encore remonté contre elle à cause de la fin de la journée d'hier et tout s'est dissipé quand nous nous sommes retrouvés à 13 heures pour une réunion de travail.

« Quand je te vois, tout se dissipe, je ne vois plus que la lumière ! » Lui dis-je.

Elle avait trouvé que j'étais grognon la veille quand je l'avais vue. Pourtant on n'avait jamais été seuls. Je n'avais pas parlé de nos affaires. Elle avait vraiment des antennes. Elle lisait dans mes pensées !

Et nous avons passé une heure très agréable.

À la fin, nous nous sommes retrouvés seuls, je l'ai prise par la taille, elle s'est laissé faire en souriant, nous nous sommes embrassés brièvement plusieurs fois sur la bouche, elle a essuyé mes lèvres pour enlever les paillettes, je lui ai caressé la taille sous son pull, j'ai senti sa peau soyeuse et chaude, elle s'est un peu tortillée pour échapper à mes caresses en riant et j'ai même pu lui tenir brièvement un sein dans ma main. Elle protesta en disant : « Attention, tu risquerais de prendre une gifle. » Mais elle est restée très gentille, très tendre. Je l'ai raccompagnée à la voiture et lui ai demandé si on se téléphonait le week-end...

« Oh… je crains le téléphone…

- Moi aussi, c'est vrai. Mais on fera attention. On ne se laissera plus aller…
- Ok pour samedi alors.
- Et dimanche ?
- On verra samedi…
- OK. »

Je l'ai regardée partir. Elle s'était garée exactement à la même place que le 23.

Cette petite conversation montrait qu'elle regrettait certaines paroles dites la veille au téléphone. C'est vrai que le téléphone nous a parfois réservé le pire et parfois le meilleur…

Moi aussi. Je lui avais présenté mes excuses verbalement et le lui avait écrit.

L'après-midi nous avons échangé plusieurs emails pour nos travaux et le soir elle m'a appelé pour traiter d'un problème de rendez-vous avec un journaliste. Nous avons parlé une heure. Cela nous a rappelé de vieux souvenirs.

« Tu es là ? Dit-elle un moment…

- Oui, je suis là…
- Ah (elle gloussa un peu de contentement) j'ai eu peur que la batterie soit à plat…
- C'est vrai. Elle ne tombe plus à plat maintenant la batterie…
- Oui, c'est vrai. (Elle riait) »

Elle a fait allusion à la période avant notre liaison. Elle me téléphonait longuement entre midi et sa batterie de téléphone tombait à plat. Elle me rappelait alors avec son portable.

Un souvenir très agréable… C'était toujours elle qui m'appelait.

Divin vendredi.

Divin message du matin. Divine entrevue entre midi.

Elle est arrivée, merveilleuse femme brune, « gaulée comme une fille de 25 ans », dans son tailleur pantalon gris, avec une veste grise et des bordures foncées de même couleur que le pantalon. Elle avait une petite fourrure noire autour du cou. « Une fourrure Saint-Gobain » dit-elle en riant. Mais elle avait les traits fatigués. Elle n'en pouvait plus.

Après notre séance de formation, on s'est serrés dans les bras l'un de l'autre, la tête sur l'épaule de l'autre, on s'est embrassés, je lui ai dit « je t'aime ». Je l'ai caressée partout, elle a aimé, on s'est serrés très fort l'un contre l'autre, elle souriait, elle était heureuse. C'était vraiment unique. La première fois que je la voyais aussi sereine. Elle m'a dit une fois « je t'aime ». Non pas la tête baissée comme elle le faisait souvent, mais la tête haute, le regard clair et en souriant pour me montrer qu'elle le faisait en toute lucidité.

Moi j'avais les mains qui tremblaient d'émotion.

« Je tremble d'émotion, c'est bête hein ?

- Non ce n'est pas bête... »

Puis je lui répétais :

« Reste avec moi, passons l'après-midi ensemble. Endors-toi dans mes bras...

- Ah oui j'aimerais tant... »

J'ajoutais :

« On s'appelle demain. Tu verras je serai gentil au téléphone...

- Pourquoi ? Tu es toujours gentil au téléphone... »

On a passé un quart d'heure qui valait un siècle !

Elle était très fatiguée. Tous nos travaux l'épuisaient. L'après-midi je lui ai envoyé une info elle a répondu gentiment en disant « je dors debout. ». Donc elle n'était pas fâchée.

Je verrais demain si elle restait sur de bonnes bases.

J'avais un atout : elle n'était pas rentrée chez elle après notre rencontre. Sa culpabilité aurait eu le temps de se dissoudre dans l'oubli.

Le samedi n'était pas toujours très bon...

Nous avons eu une conversation téléphonique historique. Elle a accepté son amour pour moi. Elle a compris que cela ne voulait pas dire qu'elle voulait faire du mal à son mari. Nous nous aimions, « c'était comme ça… »

Je lui rappelais que je ne remplacerais jamais son mari. Avec moi c'était une autre relation, qui ne pouvait annuler celle avec son mari. Si on s'était marié, je serais son mari, mais différemment de son mari actuel.

Elle m'a parlé de son mari. Cela la rassurait, confortait notre amour d'en parler. Ce jour elle me disait qu'elle ne savait pas quels étaient ses sentiments pour lui, de l'affection, l'habitude… Elle ne savait pas. « Peu importe, dit-elle… »

Elle était plus tranquille. Elle acceptait son amour pour moi. « Une immense tendresse plus une attirance physique plus un grand plaisir d'être ensemble : c'est de l'amour ! » Elle rectifiait ainsi le contenu de son message qui disait qu'on avait une grande tendresse l'un pour l'autre et que ce n'était pas de l'amour… Elle me rappela ce que lui avait dit son toubib : « Ce n'est pas bien de rompre une liaison à son maximum. Il faut attendre qu'elle s'estompe… »

« Or ça ne s'estompe pas ! dit-elle. Ça continue de plus belle… On est d'ailleurs très raisonnables… » C'est pourquoi elle me disait que je me contentais de peu. « On profite de nous de temps en temps, c'est pas condamnable… » Ajouta-t-elle. Elle me mit en garde quand même sur le fait qu'elle pouvait changer. Elle pouvait retomber dans la culpabilité. Je lui fis remarquer que cette fois elle tenait longtemps sans y céder.

« La dernière fois qu'on l'a fait, je n'ai pas culpabilisé… » Admit-elle.

« Je n'aurais jamais cru qu'une telle chose puisse m'arriver. Dit-elle. Moi je n'ai jamais été tendre comme je le suis avec toi. C'est unique. »

« Quand je me lève le matin, je me dis : "Vite faut que j'aille lire le message de l'homme que j'aime"... Je n'ose jamais te répondre avec les mots d'amour que j'aimerais utiliser. J'ai peur de culpabiliser après...

- Je sais. Maintenant je te connais bien. Je sais lire l'arrière-plan de tes messages. Ils sont très beaux. Je comprends l'amour dans les mots que tu emploies.

- Et puis je me demande chaque jour : "Est-ce qu'il va me téléphoner ?" »

Elle me dit aussi que souvent, quand elle se réveillait à deux heures du matin, elle voyait Jupiter, car elle dormait les volets ouverts. Cette planète était un souvenir commun de nos baisers enflammés.

« Je dors les volets ouverts et par la baie vitrée je vois ton village.

- Alors tu peux me faire un petit "coucou"...

- C'est souvent ce que je fais ! »

Je lui ai dit que j'avais lu le livre de Marc Lévy « *Et si c'était vrai...* ». Dedans il y a la lettre que la mère du héros lui avait laissée après sa mort. Elle raconte son histoire d'amour extra conjugale. Cela ressemble à notre histoire.

Je reproduis ci-dessous un extrait de ce texte.

« J'ai toujours aimé A. d'amour, mais je n'ai pas vécu cet amour. Parce que j'ai eu peur, peur de ton père, peur de lui faire du mal, peur de détruire ce que j'avais construit, peur de m'avouer que je m'étais trompée. J'ai eu peur de l'ordre établi, peur de recommencer, peur que cela ne marche pas, peur que tout cela ne soit qu'un rêve. Ne pas le vivre fut un cauchemar. Nuit et jour je pensais à lui, et je me l'interdisais. Lorsque ton père est mort, la peur a continué, peur de trahir, peur pour toi. Tout ça fut un immense mensonge. A. m'a aimée comme toute femme rêverait d'être aimée au moins une fois dans sa vie. Et je n'ai pas su le lui rendre, à

cause d'une lâcheté inouïe. Je m'excusais de mes faiblesses, me complaisais dans ce mélodrame à quatre sous, et j'ignorais que ma vie passait à toute vitesse et que moi je passais à côté. Ton père était un homme bien, mais A. était un homme unique à mes yeux, personne ne me regardait comme lui, personne ne me parlait comme lui ; à ses côtés rien ne pouvait m'arriver, je me sentais protégée de tout. Il comprenait chacune de mes envies, chacun de mes désirs et n'avait de cesse de les satisfaire. Toute sa vie était fondée sur l'harmonie, la douceur, le savoir-donner là où moi je cherchais des batailles comme raison d'exister, et ignorais le savoir-recevoir. J'avais la trouille, je me forçais à croire que ce bonheur était impossible, que la vie ne pouvait pas être aussi douce. »

On retrouvait d'ailleurs dans ce texte des mots et des phrases entières qu'elle m'a dites. La lecture de ce texte me faisait pleurer.

À la fin de la conversation qui a duré plus que prévu, elle me dit : « Je t'aime ».

Et ajouta :

« Je ne te le dis pas souvent…

-   Oui c'est ce que je me disais quand je venais ici, tu ne me le dis pas souvent, mais tes "je t'aime" ont ainsi beaucoup plus de poids ! »

On s'est quittés très amoureusement. Elle me demanda de l'appeler le lendemain en début d'après-midi pour parler boulot.

Elle m'a envoyé un délicieux message en réponse au mien. Il contenait comme un peu de vague à l'âme… Une nostalgie. Ce qui le rendait encore plus délicieux.

Puis plus rien… Elle a dû être très occupée au boulot.

J'ai eu la possibilité de l'appeler entre midi en toute liberté. Je le fis avec une certaine crainte, car parfois nos conversations entre midi finissaient mal.

Or, cela a été une fois de plus une merveilleuse, une divine conversation. Elle m'a dit « je t'aime » et « mon amour » et « mon trésor »… À plusieurs reprises. Ah ! C'était quelque chose… On a parlé de son enfance, de sa jeunesse. De l'amour.

Elle se plaignit de devoir toujours tout assumer (on sentait un petit reproche en direction de son conjoint).

Je lui répondis qu'elle était exceptionnelle, qu'elle était une femme de caractère. Elle était d'accord et s'étonnait encore qu'elle pouvait être si tendre avec moi. Ça ne lui était jamais arrivé.

« Tous les gens qui me connaissent seraient étonnés de me voir comme ça.

- Mais ça fait tellement de bien ! Cela a l'air convenu de dire ça, mais c'est si vrai.
- Oui c'est vrai tu peux le dire…
- C'est parce que tu es double. Ta grande tendresse est ressortie dans ta relation avec moi. Il a fallu que tu me rencontres pour que cette autre "toi" apparaisse. »

Elle admettait maintenant qu'elle était double. Je crois que cela l'avait aidée à accepter notre relation.

Je lui dis qu'elle était une grande dame.

« Mais je suis toute petite à côté de toi.

- Parce que je suis très très grand dis-je en riant. Mais toi tu vas me rattraper. »

Pour répondre au problème qu'elle devait toujours tout assumer, je lui répondis qu'il était dommage qu'on ne se soit pas rencontré quand elle était jeune. Elle me fit remarquer gentiment que la différence d'âge aurait été trop grande. Et qu'elle « s'était casée très jeune » puisqu'elle avait connu son mari à quinze ans… Elle m'a raconté une expérience d'adolescente, elle avait treize ans et demi. Son expérience avec un garçon qu'elle n'a jamais oublié puisqu'elle m'en parle parfois.

Notre relation s'était apaisée. « Il n'y a plus de conflit… ». Dit-elle. Oui, ça tenait depuis le 30 du mois dernier, soit 15 jours.

« J'ai compris qu'il n'y avait rien à faire. Qu'il fallait accepter… Je suis apaisée avec cette tendresse entre nous. Le reste est plus compliqué…

- Qu'appelles-tu le reste ?
- (Elle ne répondit que par un petit rire.)
- Oui, je vois… Ça viendra aussi tu verras… On n'a qu'une vie. Un si grand amour ne doit pas être détruit pour une question de morale… C'est trop beau, il ne faut pas le gâcher…
- C'est vrai tu as raison… »

Quand elle a dit « le reste », elle voulait parler de l'amour. Pour elle, être amoureuse était plus compliqué que la tendresse…

Ce fut un vrai calvaire de couper la communication.

« On s'appelle demain, hein ?

- Mais oui bien sûr, répondis-je
- Oh ! Que c'est dur d'attendre demain !
- Oui tu me manques déjà. »

Demain c'est samedi le jour de la ménagère.

Ça a tenu 15 jours… Chiffre fatidique.

La veille elle souhaitait que je la laisse tranquille dans son trou, aujourd'hui elle en est sortie, mais pour me resservir le plat "je suis ton amie".

« Je resterai ton amie pour toujours. » A-t-elle écrit.

Je n'en étais pas si sûr…

Cela ne m'intéressait pas du tout qu'elle soit mon amie.

Ça ne m'avait jamais intéressé. Je ne voulais plus.

Jusqu'à maintenant je tenais le coup avec l'espoir qu'elle change d'avis (ce qu'elle a fait souvent), mais là je suis las.

Je ne savais pas encore ce que j'allais faire, mais j'avais envie d'être méchant…

J'allais laisser passer le jour de Noël et je verrais dans quel état j'en sortirais…

Le mercredi 14 elle avait rompu pour la 21ème fois en sept mois. Depuis, cela n'a jamais été des ruptures, mais des remords d'avoir succombé aux plaisirs de la chair.

Lundi dernier c'en était une de rupture (la 22ème) comme au bon vieux temps. Pourquoi ? Parce qu'elle était de nouveau en famille, avec des fêtes familiales…

Je ne devais pas me décourager.

Une fois de plus je devrais déployer mes efforts pour la reconquérir. C'était d'ailleurs visiblement ce qu'elle souhaitait.

Je la verrais lundi matin et mardi entre midi.

Mon sms envoyé en début d'après-midi : « *Je t'aime très fort mon ange. T'embrasse aussi fort te serre dans mes bras tendrement. "T'es à moi tte seule" m'as-tu dit récemment. Oui je le suis* »

Je l'ai appelée ensuite. Elle était très bien. Elle sortait de son trou de souris. Tous les espoirs étaient-ils de nouveau permis ?

Je lui ai dit

« Je t'aime, mon amour… même si c'est interdit je le dis quand même !

-   Ah tu te rebelles alors ?

-   Oui je suis un rebelle, ris-je. »

À vrai dire ça ne s'est pas passé si mal…

Sauf pour ce dialogue :

« Je t'aime, lui dis-je, et toi ?

-   Non !

-   Hein ? Comment ? Tu ne m'aimes pas ?

-   Non… »

Pas marrante la fille. Il y avait seulement cinq jours, elle me faisait des déclarations enflammées !

Quant à la citation de Marie Trintignant qu'elle a utilisée dans son message, elle a fini par me dire que ce n'était pas une citation de Marie Trintignant, mais du père à propos de la disparition de sa fille ! Déjà une fois précédente elle m'avait sorti une chanson de Goldman utilisée pour un décès ! Et huit jours plus tard, elle me disait de nouveau : « Je t'aime » et deux jours après nous avions de nouveau une belle relation.

« Cette année a été une année de folies, je souhaite pour la prochaine une année de sérénité. » A-t-elle écrit. Mais dans deux jours elle ne s'en souviendrait plus. À moi de ne pas lui rappeler.

Elle avait des manières de rédiger ses messages en vitesse et il fallait s'accrocher pour les interpréter… D'autant plus qu'elle ajoutait ensuite que je ne la perdais pas complètement puisqu'elle resterait toujours mon amie. Et elle finissait par « je t'embrasse très fort. »

J'ai relu son message tard le soir.

C'est curieux il ne me faisait plus du tout la même impression que le matin. Je le voyais en beaucoup plus positif. Avec cette citation de Marie Trintignant elle répondait à la partie de mon message qui disait que je ne pouvais pas être heureux quand elle n'était pas là. Elle ne voulait pas que je sois malheureux… Bien sûr, par ailleurs, elle voulait rester sereine donc "raisonnable"… Mais c'était un passage que j'avais connu chez elle maintes fois.

Lendemain de Noël.

Le coup de fil du matin a été très dur. Comme toujours, alors que nous parlions, j'entendais le bruit de la vapeur de son fer à repasser. Pendant qu'elle téléphonait, elle travaillait… Cela m'a toujours ému… Elle trouvait que j'allais mieux par rapport à jeudi, où je l'avais laissée dans l'angoisse, car elle ne pouvait pas me répondre étant au boulot. Elle n'aime pas Noël, car elle n'a plus ses parents. Elle est restée une enfant… Après trois quarts d'heure de conversation anodine (je me suis bien gardé de lui faciliter la tâche et d'aborder le sujet de notre relation…) elle a attaqué fort en disant qu'elle voulait sortir de cette situation, qu'il fallait tout arrêter, et en rester à l'amitié, et encore n'a-t-elle pas voulu préciser ce qu'elle entendait par "amitié" de crainte de retomber dans l'attirance.

Je devais arrêter les messages et sms quotidiens. Sinon elle laisserait tout tomber. Je lui demandais ce qu'elle entendait par "tout", elle répondit que ce ne serait même plus de l'amitié.

Elle voulait finir par « oublier ». Ça recommençait…

Elle m'a fait la leçon de morale sur le conjoint et les "enfants"…

« Mais enfin ! Ce ne sont plus des enfants… Rétorquai-je. »

Aucun argument n'avait la moindre prise sur elle. Elle campait sur ses positions…

Charmante ! Ou folle à lier ?

« C'est très dur, lui fis-je remarquer…

- Je suis obligée d'être dure ! Sinon tu ne comprends pas…

- C'est ça que tu voulais me dire jeudi pour calmer mon angoisse ?

- Oui…

- Ben dit donc ! C'est pas ce discours qui va calmer mon angoisse, au contraire. Je ne sais pas ce que je vais faire… Je vais voir.
- Comment ça ? que comptes-tu faire ?
- Je ne sais pas si je respecterai tes conditions…
- Et les tiennes de conditions c'est quoi ?
- Moi je n'ai pas de conditions. Je souhaite qu'on vive ensemble… »

Mais curieusement, elle continuait à me raconter tous les éléments de sa vie en détail.

« C'est toi la plus belle, lui dis-je un moment…
- Oh il y en a d'autres !
- Non tu es la seule…
- Je vais te raconter un truc qui va t'énerver. Un admirateur m'a dit l'autre jour : "Il y a deux belles femmes, vous et une telle. Ce n'est pas du même bord ni de la même génération, mais c'est vrai…" (Elle me cherchait vraiment des noises…)
- Mais tu le vois tous les jours cet admirateur !
- Non…
- La prochaine fois que je le vois, je vais lui dire : "Alors t'as pas réussi à la baiser depuis trente ans que t'essaies ?"
- C'est horrible ça, c'est pas digne de toi, on dirait un vieillard lubrique…
- Tu as bien été copine avec un vieillard lubrique !
- C'est pas ton genre ça… C'est un manque de respect pour moi.
- Oui, désolé je te présente mes excuses. Mais c'est toi qui l'a cherché, tu as obtenu ce que tu as voulu : m'énerver…

- Ah ! tu as toujours réponse à tout toi… (Une manière de s'avouer vaincue)
- Tu me pardonnes ?
- Oui ! »

C'est curieux comme elle a changé brusquement ce samedi. Se serait-il passé quelque chose le vendredi après-midi ou soir ? J'opte pour le vendredi soir : elle a dû « faire plaisir à son mari », comme elle l'avait fait le vendredi 27 de notre première semaine … et me l'avait dit le lendemain pour rompre déjà après seulement quatre jours de liaison. Ça doit être leur moment le vendredi soir… D'ailleurs, récemment, elle m'avait expliqué que lorsqu'elle était de retour de nos débats amoureux elle était très tendre avec son mari pour, en quelque sorte, le consoler.

Je lui ai demandé comment elle était habillée.

« Je suis en pyjama.

- Ah ! Oui ! Comme j'aimerais te voir !
- Ah ben non tu ne peux pas…
- J'arrive, dis-je en riant… »

Je lui ai posé une question :

« Tu n'as pas quelqu'un d'autre ?

- Comment ça ?
- Une autre relation ?
- Oui j'ai quelqu'un d'autre : mon mari !
- Non je parlais de quelqu'un d'autre que ton mari…
- Ça va pas non ? »

C'était curieux cette réponse : « j'ai quelqu'un d'**autre** : mon mari », comme si notre relation était quasiment officielle, la première quelque part… son mari n'étant que quelqu'un d'autre…

Pas de coup de fil le lendemain dimanche.

J'étais désespéré.

Mais il y a eu bien d'autres fois où je fus désespéré de la même manière.

Cette fois la reconquête serait difficile.

J'étais obligé de revoir ma tactique.

Je croyais qu'il fallait que je lui obéisse. On allait voir sa réaction…

Je passerai la voir lundi matin. Mais je craignais que ce ne soit également très dur…

J'ai relu le message que j'avais préparé pour lundi matin. Je pensais l'envoyer quand même, en plus sobre que les précédents…

Il m'est revenu qu'elle m'avait parlé de mon cadeau. Elle attendrait un peu après les fêtes, avant de le sortir, ce serait moins remarqué… C'était un signe qu'au fond d'elle-même elle ne voulait pas rompre…

Il me vient un autre souvenir : lundi 21 entre midi son mari est revenu à l'improviste, car il était très malade. Elle a pensé avec terreur que cela aurait pu arriver les jours où on était ensemble chez elle entre midi.

« Tu y pensais, toi, quand on y était ? Me demanda-t-elle…

- Oui bien sûr. Mais tout est question de proba-bilité. Étant donné qu'on ne l'a pas fait souvent, il était fort peu probable que cela arrive…

- Houla ! Moi je n'y avais jamais pensé… Si j'y avais pensé, je ne l'aurais jamais fait…

- J'espère bien qu'on le fera encore…

- … »

Je crois que c'est cet incident qui l'a confortée dans son attitude de rupture…

J'ai repris nos échanges de messages lors d'une semaine de décembre. La semaine avant la rupture.

Dès le lundi elle n'était pas en forme. Tout le monde l'avait d'ailleurs remarqué lors de la réception du soir.

Mardi et mercredi matin elle me faisait part du fait qu'elle n'allait pas bien… Le mercredi matin elle me remerciait de mon message : « Ça me rassure, ça me fait du bien… » Avait-elle écrit. Mercredi entre midi nous avions échangé des baisers et des caresses tendrement.

Comme elle me l'avait dit ce samedi, elle avait été très mal à l'aise de venir chez moi le jeudi après son interview… Cela n'était pas apparu. Mais elle avait insisté sur ce point ce samedi…

Pourtant, le vendredi 18 à midi elle avait été très tendre, très amoureuse au téléphone… Le vendredi 11 certains indices montraient qu'elle était travaillée par le remords. Déjà la veille au soir elle avait refusé un tête-à-tête. Dans son message du vendredi, elle rappelait qu'on n'allait pas se voir pendant les vacances et le week-end suivant on ne pourrait pas se téléphoner…

Elle comptait sur cette séparation pour « oublier ». Mais samedi dernier elle s'aperçut qu'elle n'y était pas parvenue. Alors elle a mis ça sur mon compte avec mes messages et mes sms…

J'aurais dû être plus vigilant. Mais être toujours sur le qui-vive en attendant qu'elle change d'avis était devenu invivable.

À 11 heures 10, je suis sorti en prévoyant de lui envoyer un sms pour lui signaler que j'avais envie de lui parler.

Alors que je roulais en voiture pour me rendre dans un endroit discret pour téléphoner, mon portable a fait un "bip" pour me signaler l'arrivée d'un message ! Il était 11 heures 17 et elle m'envoyait un message : « Ça va ? »

Ô divine surprise, aussi divine que sa voiture, petit nid de nos amours…

À chaque fois, après une mise au point brutale de sa part, elle m'avait fait ça, envoyé le même message. Mais les fois précédentes c'était le samedi soir…

Je l'appelais immédiatement ; alors que nous parlions, j'entendais son pas dans l'appartement. Délicieux. Elle venait aux nouvelles. Elle était restée très angoissée et regrettait son discours assez dur de la veille. Je lui fis part de mes problèmes de santé et nous avons échangé sur ce point.

Elle me rappela que j'avais fait deux fois des vertiges en sa présence : une fois où ça allait mal (effectivement, je m'en rappelle c'était le jour d'une violente rupture avant ses vacances), l'autre fois un jour de passion entre nous (je m'en souviens également c'était au lit).

Et nous avons parlé de bien d'autres choses. Du boulot. Elle avait fait un excellent travail … J'évoquais sa tenue de la veille, son pyjama que je lui demandais de me décrire. Cela me mit l'eau à la bouche.

Puis à la fin je lui dis :

« Gros bisous ma chérie, je t'aime, même si je n'ai pas le droit, je le dis quand même…

-   Gros bisous… Tu dois bien rire…
-   Hein ? Non je ne ris pas ! Je ne me permettrais pas. Je te respecte toujours…
-   Passe un bon dimanche…
-   Toi aussi… »

Nous avions du mal à nous séparer… Je lui redis « je t'aime » et lui dis que j'allais raccrocher.

Elle restait silencieuse au bout du fil… Un silence qui en disait long.

« Tu ne dis plus rien ?

-   Oui ! je t'écoute… »

Je crois qu'elle pleurait…

Finalement je raccrochai la mort dans l'âme.

Je lui avais rappelé que je passerais la voir le lendemain matin...

Elle avait objecté que j'avais des vertiges. « Il ne faudrait pas que tu prennes un malaise dans mon bureau. Qu'est-ce que je ferais ? »

Ça c'était son côté vexant. Ce n'était pas que je prenne un malaise qui l'inquiétait, mais le fait que ce soit dans son bureau... C'est comme le jour où nous étions très chaleureux l'un avec l'autre et qu'elle m'avait dit : « Si je disparaissais brusquement, tu ne dirais rien sur notre liaison ? »...

Enfin, c'était un jour de bonheur pour moi. Inespéré. Je l'avais trouvée très bien au téléphone. Elle aussi m'avait trouvé très bien. « Quand je parle avec toi ou quand je suis avec toi je suis toujours très bien ! » Lui dis-je.

Et l'après-midi j'ai vu mon portable clignoter. J'avais un message. C'était elle. « Ça va ? » me demandait-elle. Nous avons échangé quelques sms et elle a conclu par « à demain ».

Divin !

Et ce n'est pas tout ! Une heure plus tard, elle me téléphonait. Nous avons parlé 45 minutes de mes malaises et de boulot. Ce fut également sublime. Elle avait l'air très en forme. Très vaillante. Un peu excitée même.

Ce dimanche s'avéra être merveilleux !

Maintenant rien ne dit qu'elle serait dans les mêmes dispositions le lendemain.

Trois rêves :

Je roule en voiture et un camion est arrêté au milieu de la route et barre le chemin. Je le dépasse en empruntant le bas-côté fait d'une bordure de trottoir et d'une pelouse. Une autre voiture arrive en face conduite par une femme. Une belle brune...

On se heurte de plein fouet. Elle a tout l'avant désossé. Puis on se revoit en société et on éprouve l'un et l'autre la honte de cette collision.

Je viens régulièrement m'asseoir au bord de l'eau. L'eau est très claire. Il y a une femme à proximité, et je viens en voiture.
Je pense avoir oublié quelque chose dans ma voiture (dans mon rêve c'était quelque chose de précis, mais je ne me souviens plus de ce que c'était...)
J'étais assez apaisé...

Je ne savais pas si c'était cette nuit ou la nuit dernière, j'ai rêvé de jardin. J'y faisais des améliorations, mais je ne me souvenais plus lesquelles...
Le jardin des rêves symbolise les attributs féminins, le sexe de la femme ! Il symbolise l'insatisfaction relative à l'exercice de la sexualité. Le jardin clos est protégé de la pénétration... C'est aussi un symbole onirique positif, le centre de l'âme... Le jardin est aussi le symbole du paradis.
Mais dans mon cas il renvoie aussi et surtout à son « jardin secret » dont elle m'a parlé à plusieurs reprises...

Jean Calmet 3

La route pour faire le trajet jusqu'à Espérance ne fut pas facile, car des convois de véhicules de secours aux sirènes hurlantes s'imposaient dans les deux sens.

Après un voyage pénible, long et même dangereux, ils arrivèrent à la cité des Étoiles à Espérance.

À peine arrivés, ils s'installèrent dans la pièce où Lovecraft vivait par l'intermédiaire de son cerveau autrefois conservé par « Ceux du dehors » et connecté à un système informatique le reliant à tous les réseaux du monde, y compris le darknet, le smartphone de Jean sonna de nouveau. Il répondit.

« Allo ? » Et il écarquilla les yeux…

« Une minute. » Ajouta-t-il. Il plaça la paume de sa main sur l'écouteur du téléphone et annonça : « C'est Garand ! » Et à l'adresse de Véronique : « Tu vois ? »

Et il reprit la conversation, et raccrocha presque immédiatement en annonçant : « Il arrive ! »

Branle-bas de combat au logement de Pierre Dagon. Tous les présents (Jean, Véronique, Alice et Howard dans sa machine, en l'absence de Pierre) eurent une sensation de stress en pensant rencontrer si vite Garand. Le Garand de tous leurs ennuis passés, mais aussi, le Garand qui avait eu des relations avec Véronique, au point que Jean n'était pas sûr d'être vraiment le père d'Alice. Mais il s'en fichait, il aimait Alice comme un père et c'était réciproque, elle aimait Jean comme son père.

La sonnerie de l'interphone retentit ; tout le monde se regarda et Jean prit la parole : « J'y vais »… Il décrocha l'interphone et demanda « Oui ? » Il écouta et répondit : « Je descends ! ». Il fit un geste d'impuissance envers les membres de sa famille et ajouta : « Pas un mot de la présence d'Howard. Je ne sais pas s'il est au courant… »

Il sortit et la porte d'entrée de l'appartement claqua après son passage. Les autres restèrent silencieux.

Arrivé au rez-de-chaussée, il vit Garand au travers de la porte vitrée. Il le reconnut. Il n'avait pas changé. C'était normal, il ne changeait pas, il n'était pas humain. Mais une partie de lui-même l'était. Il était habillé comme les flics des séries TV : en jean avec un blouson de cuir. Il paraissait avoir trente ans. Il lui fit un petit signe amical et un aussi un petit sourire. Jean ne répondit pas et ouvrit la porte. Il tint le battant ouvert et dit : « Entre. Tout le monde est réuni et t'attends. »

Garand resta silencieux et passa devant lui… Ils se retrouvèrent à l'étroit dans la cabine de l'ascenseur. Mais tout se passa correctement.

L'accueil ne fut pas chaleureux. Garand, lui, laissa sa part d'humanité prendre le dessus, celle qui aimait toujours Véronique et qui aimait Alice d'amour paternel.

Il sourit donc affectueusement et embrassa Véronique en la serra dans ses bras. Il l'embrassa sur les joues et fit de même avec Alice. Les deux femmes ne bronchèrent pas, mais ressentirent comme une onde, un fluide positif dans ces gestes de l'homme, alors qu'autrefois il émanait de tout ce qu'il faisait une perversion déroutante, terriblement agressive, mais fascinante. Elles en furent surprises. Et Jean qui assistait à la scène aussi. Et lui aussi n'eut aucun réflexe de recul de dégoût. Au contraire. Il ressentit comme une paix intérieure. Oui, le mot « paix » convenait bien, comme un armistice entre deux ennemis, un armistice sincère et bienveillant. Jean et Véro, sans le savoir, eurent la même pensée : celle du rêve de cette dernière. Une fois de plus il était prémonitoire.

Garand prit la parole le premier. Il n'était pas humain et ne présentait aucune fragilité. Cela permit aux autres de souffler un peu…

« Mes chers amis, je suis venu un peu différent de celui que vous aviez connu… Encore que la dernière fois, je m'étais déjà bien amélioré. Je n'irai pas par quatre chemins : une catastrophe s'abat sur nous. Quand je dis 'nous' je parle de votre planète tout entière. Cela se traduit par des phénomènes terrifiants et inquiétants ici, à Espérance, l'épicentre des phénomènes que vous appelez surnaturels sur cette Terre : une histoire d'amour impossible ainsi que d'autres, plus anciennes, ont déclenché des catastrophes : notamment (et ce n'est pas fini) un attentat qui a déjà fait plusieurs centaines de morts et des dégâts considérables. Vous sentez encore dehors les odeurs âcres et urticantes dues à la destruction du port pétrolier. La centrale nucléaire la plus proche est à moins de 20 kilomètre et la commune est aujourd'hui dans le périmètre du PPI (Plan Particulier d'Intervention). Ainsi, les habitants doivent aller retirer des pastilles d'iode chez le pharmacien, s'ils ne l'ont pas déjà fait. Donc, ne mésestimons pas les suites de tous ces événements. Si on m'a envoyé ici de nouveau, ce n'est pas pour rien. C'est curieux, mais je me sens obligé de vous informer que je ne sais pas qui m'envoie… Cela vous semble curieux aussi ? En fait, ce n'est pas vraiment curieux. Car vous-mêmes ne savez pas tout. Personne ne sait tout. Si nous savions tout, nous deviendrions fous… N'est-ce pas Howard ? »

Et il se tourna alors vers les ordinateurs et tout l'attirail informatique qui allait avec.

La stupéfaction qui se montra sur les visages des présents le fit éclater de rire.

« Ah ? Vous êtes surpris ? Mes patrons m'ont informé. Ils ont eu connaissance du voyage d'Alice sur Yuggoth pour ramener le cerveau de Lovecraft 'exporté' là-bas par Ceux du Dehors. »

« Bonjour Garand ! » Répondit le haut-parleur…

« Oui, c'est vrai, nous ne savons pas tout. Heureusement. Mais dire ceci ne veut pas dire qu'il ne faut rien savoir ! Qu'êtes-vous venu nous demander, monsieur Garand ?

- Je ne suis rien venu vous demander. Juste vous avertir que ces terribles moments que nous passons ne sont que le début d'une gigantesque déflagration cosmique ! Et que les déflagrations de cet ordre ont souvent comme origine des phénomènes anodins. Et j'ai été formé (entre autres) pour détecter les signes annonciateurs de ce genre de catastrophe à l'échelle de l'univers.

- Oui, je vois. Nous allons alors demander à Alice de partir à la recherche des indices, voire des germes qui ont engendré tout cela. Elle a les moyens de le faire en partant d'ici. Qu'en pensez-vous Alice ? »

La jeune femme resta silencieuse un moment.

« Oui… Je peux toujours essayer. Mon ami le soleil me servira encore de chemin…

- Ah ! Excellent. Je me suis branché sur le satellite japonais qui analyse les fluctuations des champs magnétiques des taches solaires. Il le fait à distance, grâce à l'effet Zeeman, en mesurant les très petites perturbations des raies spectrales du fer dues à l'énorme champ magnétique de ces taches solaires. Ces gargantuesques champs magnétiques sont le signe extérieur de modifications internes du soleil. Et le satellite en a détecté d'énormes. Je cherche également des planètes de notre système solaire comportant des océans, enfin, disons plus simplement de vastes masses d'eau salée… Voici ce que j'ai trouvé. Yuggoth (plus communément appelée Pluton), Europe et Callisto (satellites de Jupiter), des petits satellites de Saturne, comme Encelade, contiennent un océan souterrain ! Il y a de quoi chercher !

- Et pourquoi cherches-tu tout cela Howard ?
- Il se passe beaucoup de choses terribles en ce moment. Une épidémie de folie, de maladies mentales. Certaines personnes se déchaînent comme ce pauvre homme qui a foncé dans les voitures qui venaient en face. Cet attentat terroriste. L'arrivée de Garand. Dites-moi, Garand, n'avez-vous rien à nous dire ?
- Non… Je ne vois rien de spécial à vous dire. »

Il se garda bien de raconter comment il avait récupéré le chauffeur de la voiture en question…

« Hum… Marmonna HPL qui n'était pas dupe. Ici nous sommes le nœud gordien des manifestations de Cthulhu. Ses ondes malfaisantes viennent jusqu'à nous par le fleuve… Il y a actuellement une corruption des esprits. Même les histoires d'amour sont tordues. Eh bien c'est simple, selon mes recherches, Cthulhu n'est plus chez nous, au fond de l'océan ! Ce qui explique tous ces événements dont l'ignominie est bien Cthulhuienne… »

Il éclata de rire. Et poursuivit :

« Il a déployé ses ailes quantiques et s'est envolé ailleurs. Pourquoi ? Je l'ignore. Il semble qu'il ait ressenti le besoin de s'éloigner du soleil… Et Cthulhu ne se sent bien que dans l'eau salée ! Il faudrait savoir où il est pour envisager de le bloquer là ! On sait qu'on ne peut pas le détruire, mais on peut le rendormir. S'il s'est déplacé, c'est que les astres lui sont favorables. Comme je l'ai écrit : 'Quand les astres sont favorables, il peut fendre l'espace et plonger de monde en monde ; dans le cas contraire, il s'éteint dans l'attente de sa glorieuse résurrection'.

- On peut attendre que l'alignement des astres se rompe…

- Oui, sans doute, mais il serait bien quand même de le repérer, de le répertorier en quelque sorte. Et aussi, comment peut-on savoir quels sont ces astres et comment sont-ils alignés ? Je ne sais pas…

- Ah ! Ah ! Eh bien, dis donc ! s'exclama Alice. Je vais donc aller à sa recherche. Moi aussi je sais déployer des ailes portées par le vent solaire. Et pour cela je dois retourner dans le soleil comme je l'ai fait auparavant ![4] Il ne me reste plus qu'à attendre le Drac pour me conduire par les chemins qu'il connaît, et qu'il m'a décrits ainsi : 'Vous savez quelle part d'illusions tout cela comporte.' Howard, avez-vous le moyen de joindre le Drac ?

- Oui, bien sûr, je l'avais déjà fait auparavant pour ton premier voyage. Je le préviens de ton souhait de le rencontrer et nous conviendrons d'un rendez-vous…

- Attention Alice ! s'exclama Jean. Tu ne vas pas te retrouver toute seule face à cette entité ?

- Je ne sais pas… Mais que faire ? Qu'en penses-tu Howard ?

---

[4] Lire « Les âges sombres » dans la même série.

-   Avant ton départ, je vais regarder ce que je peux faire… »

Garand avait suivi cette conversation avec beaucoup d'intérêt… Il acquiesça et prit congé. Il allait retrouver Zombie/Golem dans la cellule où il l'avait enfermé au commissariat…

Il réfléchissait aussi de quelle manière il pouvait contribuer à la sécurité d'Alice. Il sentait un lien entre Cthulhu et les catastrophes qui se produisaient ici… Un lien aussi avec monsieur Zombie/Golem et ses problèmes amoureux…

« Sans blague ? » Lui dit en riant sa petite voix intérieure, celle qui lui transmettait les ordres de la Trame et qui, souvent, lui donnait des conseils.

« Oui sans blague, répondit-il, en ne sachant pas s'il était entendu. J'espère que tu me donneras un coup de pouce !

Garand 5

Zombie/Golem était prostré dans sa cellule. Il était à peu près propre. Garand l'avait emmené chez lui pour une douche et lui avait donné des vêtements. Un appartement l'attendait toujours quand il apparaissait à Espérance. Tout équipé.

Il avait établi l'état civil de cette personne. Il s'appelait bizarrement Henry Anthony Wilcox. Et ce nom lui disait quelque chose ! Il lui fallut du temps pour que le lien se fasse : c'est le nom d'un personnage du roman d'HPL *L'appel de Cthulhu* !

« Aïe, se dit-il… Voilà qui confirme diablement l'hypothèse d'HPL ! »

Son Wilcox à lui était un homme d'âge mûr. Assez vieux en fait. Mais très bien conservé. Il avait de la chance d'être tombé amoureux à cet âge. Et Garand devait savoir qui il était, d'où il venait, quel était son but. Pour le moment, il était aux mains de son créateur, il était sa créature. Mais sans doute qu'il fut encore possible qu'il eût des souvenirs de l'être humain qu'il était. Mais cet être humain était-il libre, en pleine possession de ses moyens ? Ce suicide incroyable en voiture n'était-il pas un indice qu'il n'était plus lui-même ?

Il entra dans la cellule pour l'interroger…

Il était assez horrible à voir. Ses blessures n'avaient pas cicatrisé, bien sûr. Elles étaient béantes. Mais les plaies n'étaient pas sanguinolentes. Il avait le visage à moitié écrasé par le choc contre le pare-brise et de nombreuses blessures dues aux éclats de verre. Son crâne était donc à moitié enfoncé et il avait un bras cassé qu'il ne pouvait pas utiliser. Les os du bras étaient brisés en de nombreux endroits jusqu'à l'épaule. Ses jambes étaient intactes. Il pouvait marcher. Il ne souffrait pas. Son œil gauche était crevé.

« Bonjour ! Comment vous appelez-vous.

- Je ne sais pas…
- Vous ne savez pas comment vous vous appeliez avant de mourir ?
- Ah ? Je suis mort ?
- Plus ou moins…
- Comment ça ?
- Eh bien, je vous ai ressuscité.
- Ah, eh bien merci !
- Je ne sais pas si je le mérite… Je l'ai fait, car je dois savoir qui vous étiez avant et qui vous possédait. Car il ne peut y avoir qu'un homme possédé pour un suicide aussi horrible…
- J'ai le souvenir d'un grand chagrin d'amour…
- Suffisamment grand pour expliquer un tel suicide ?
- Je ne sais pas. En fait, je ne le crois pas…
- Alors ?
- J'ai rencontré un homme après l'ultime rupture… Un Homme noir…
- Un homme noir ? Le connaissiez-vous ?
- Oui… Je l'avais hébergé chez moi quelque temps…
- Ah ! Et que faisait-il dans la vie ?
- Il étudiait un livre.
- Quel livre ?
- Je ne sais plus… Un très gros livre en cuir avec un bas-relief sur la couverture. Effrayant… Il le lisait parfois à voix haute et la dernière chose qu'il a lue, que j'ai entendue, m'a transformé…
- Transformé ?

- Oui, je voulais le Mal, je voulais tuer tout le monde… Alors je me suis suicidé !
- Cet homme ne vous a jamais dit ce qu'était ce livre ?
- Si ! Il m'a dit un jour que c'était le Necro quelque chose…
- Ah !? Le Necronomicon ???
- Oui, c'est ça… d'ailleurs, comme je lui avais raconté mes chagrins d'amour, il est allé voir ma dulcinée et son mari, le livre sous le bras…
- C'était quand ça ?
- Je ne sais pas.
- Sans doute bien avant que vous vous suicidiez… »

Garand se dit qu'il fallait absolument qu'il retrouve ces gens… Il lui vint une idée.

« Vous avez écrit un journal sur votre relation extra conjugale. Vous en souvenez-vous ?

- Non…
- Je l'ai, je vais aller le chercher ! Mais il me faudra un peu de temps… »

Garand avait enfermé Zombie/Golem dans la cellule de dégrisement, en interdisant à tout le personnel du commissariat d'y entrer. D'ailleurs il gardait les clés sur lui.

Quant au journal, il l'avait dans la tête. Il savait chez qui il pourrait le faire imprimer. Il sortit du commissariat et dirigea ses pas vers la cité des étoiles, l'appartement où « vivait » désormais HPL, Howard Phillips Lovecraft…

Ce dernier l'attendait !

« Ah, vous voilà déjà de retour ! » Cracha le haut-parleur qui parlait pour HPL.

« Je présume que vous voulez imprimer le journal de votre protégé ?

- Oui comment avez-vous deviné ?
- Oh vous savez, dématérialisé comme je suis, je peux me projeter partout…
- Oui, mais je ne comprends pas.
- Bon ! Vous pouvez vous brancher sur mon installation en suivant mes directives. Je vous isolerai de ma base de données et mon computeur, c'est-à-dire mon cerveau. Je ne veux pas que vous veniez fouiner là-dedans. Par contre vous devrez accepter que je fouille dans le vôtre pour trouver ce journal que vous voulez imprimer…
- Pas de problème, je peux cloisonner et ne vous rendre accessible que ce qui m'intéresse…
- Bon, eh bien allons-y ! »

L'opération dura à peine deux minutes avant que l'imprimante crépite et imprime les dizaines de pages du journal de Gueule Cassée… Garand venait juste de décider d'appeler comme ça Zombie/Golem…

Tout content, Garand repartit apporter cette lecture à son prisonnier…

Si HPL avait réussi à imprimer le journal en entier, cela permettrait à Garand de lire la suite, car dans sa tête, le journal ne se livrait que chapitre par chapitre… Là il en était au chapitre 4. Il ne savait pas combien il en restait. Mais la Trame l'empêcha de lire le journal, car il allait être convoqué.

Il avait quand même un doute : HPL avait-il réussi à entrer dans d'autres compartiments de son cerveau ?

Il s'empressa de revenir dans la cellule puante de Gueule Cassée. Les cellules de dégrisement sont toutes puantes… Il remit le journal au prisonnier en lui disant qu'il reviendrait demain matin pour lui poser des questions. Ce qui était bien avec Gueule Cassée, c'est qu'il n'avait besoin ni de boire ni de manger. Ni d'aucun autre besoin organique d'ailleurs.

Garand, lui, venait d'être convoqué à sa réunion sur Mars. Une conférence des gardiens du système solaire. Il n'y en a pas beaucoup de systèmes solaires comme le nôtre dans l'Univers…

Il s'y rendit grâce à ses couloirs du temps aux miroirs. Là-bas il y rencontra la Mort. Non, il ne mourut pas, lui, mais la Mort en personne assistait à la conférence. Car elle avait des choses à dire…

« La mort a peur de mourir, car n'est pas mort ce qui à jamais dort. Et au fil des âges peut mourir même la mort. »

Mais où avait-il donc lu ça ? Eh bien, c'était dans *L'appel de Cthulhu* de Lovecraft. C'est sûr !

Là-bas il apprit que la solution passait par une femme. Une sorcière…

Alice 1

Alice avait donc rendez-vous avec le Drac. Rendez-vous arrangé par HPL lui-même.

« Que serions-nous devenus sans HPL ? » Songeait-elle en se remémorant son expédition sur Yuggoth quand elle était allée le chercher, alors qu'il était prisonnier de ceux du dehors…

Elle se souvenait également de son précédent voyage, de l'immense douleur physique ressentie au cœur du soleil, dans lequel son corps de chair se transforme, plutôt passe dans d'autres dimensions pour atteindre celles des Solariens, avec qui elle a alors noué des relations au-delà même de la dimension quantique, au cœur de la réaction thermonucléaire du soleil, plus bas que cela, plus loin, il n'y a pas de mot pour l'exprimer, là où se chevauchent une puissante, monstrueuse gravité et une « énergie » complètement différente de la nôtre, pauvres terriens, le monde de l'au-delà, au fin fond de la matière, au-delà du proton qui constitue l'essentiel de la matière solaire et du vent qu'elle émet et qui permettra à Alice de s'envoler et de voyager dans le système solaire, dans l'essence même de la matière qui nous est encore inconnue…

Elle se rappelait son premier rendez-vous avec le DRAC[5] : « Il restait dans son regard d'homme quelque chose de reptile. Son visage était également d'une beauté fascinante. Étrangement fascinante. Des cheveux noirs, d'un noir profond qui donnait l'impression qu'on pourrait voir au travers. Un visage au large front, au nez étroit et pointu, des lèvres au sourire dur, très fine pour celle du dessus et épaisse pour celle du dessous. Des

---

[5] Voir « Les âges sombres »

pommettes qui permettaient au haut de son visage de faire avec le front et les yeux un rectangle aux étranges proportions, au sein duquel les yeux noirs vous transperçaient. Un visage à la limite du maléfique. Mais cette limite n'étant pas atteinte, il était d'une beauté effrayante. »

Le Drac, cet être magnifique et terrifiant, fut fidèle au rendez-vous. Il était accompagné d'un animal : un rat, un ragondin peut-être... Il nageait lestement aux côtés de la créature du fleuve ;

Ils sortirent de l'eau tous les deux en même temps, empruntant cet escalier qui donnait bizarrement sur le fleuve, pour arriver jusqu'aux côtés de la jeune femme qui se tenait debout. Elle reconnut Brown Jenkin ! Le rat était Brown Jenkin, le familier de la sorcière Keziah ! Elle l'interpella immédiatement :

« Que fais-tu ici ? Qu'as-tu fait de ta sorcière Keziah ?

- Elle est morte. J'ai trouvé un autre maître ! »

Stupéfaite, Alice se tourna vers le Drac avec un air interrogatif.

« Oui ! » Lui dit-il. « Pourquoi pas ? J'aime accueillir les animaux en détresse. Et il peut être utile. Il connaît tellement de chemins... Il va d'ailleurs t'accompagner. Il te sera utile pour le retour. Tu pourrais même l'adopter ! Pourquoi pas ? »

Alice ne répondit pas. Le rat lui dit :

« J'obéis à mon maître et tu deviens du coup le mien ! As-tu la pierre du clocher de Federal Hill ? »

« Oui ! » Répondit Alice surprise. « Comment connais-tu l'existence de cette pierre noire. »

« Oui... Noire et tétraédrique... »

Alice rejoignit les deux nageurs et ils nagèrent de concert dans le fleuve, non pas par nécessité, mais par plaisir, et plongèrent pour atteindre le fond du lit, « le mitan du lit », il fallait trouver exactement ce « mitan » pour parvenir au but. Et cela, à part, le Drac, personne n'était capable de le faire.

C'est là, au mitan, que se trouve la margelle du puits, tout au fond, dépassant les galets et la vase du fond. C'est le domaine royal du Drac. Ils y pénétrèrent agilement, lui tel un requin, elle telle une sirène, le rat tel un rat et une fois entrés à l'intérieur, ils se trouvèrent au sec.

Elle se souvenait de leur conversation, la première fois : « Le Drac : Vous voici chez moi Alice. Je ne me fais pas d'illusion : vous n'êtes pas en mon pouvoir, car les vôtres sont si puissants que vous-mêmes n'avez pas encore appris à vous en servir. Même si je le souhaitais je ne pourrais rien faire de vous…

– Comme de toutes ces femmes que vous avez enlevées autrefois ?

– Ce fut une autre période de ma vie…

– Alors cette porte vers le soleil ? C'est curieux que nous fussions obligés de venir sous le fleuve pour atteindre le soleil !

– Allons, Alice, vous savez quelle part d'illusion tout cela comporte… Voyez, il y a plusieurs tunnels qui aboutissent à ce puits. Empruntez celui-ci et moi je retourne à mes bains de sang. Une fois dans cette voie je ne pourrai plus rien pour vous. Au revoir, Alice, car j'espère bien un jour vous revoir… »

Oui, depuis ce jour, elle avait beaucoup progressé dans la connaissance de ses propres pouvoirs. Notamment ceux de voyager en volant sur les ondes gravitationnelles structurées par cet autre espace-temps qu'elle savait désormais atteindre.

Une fois encore, le Drac s'éloigna par un autre « tunnel » que celui qu'elle devait emprunter. Avant de se détourner, il lui envoya un baiser avec la main. Il la voyait certainement encore plus belle qu'elle n'apparaissait aux humains, et ce n'était pas peu dire de l'incroyable beauté de cette jeune femme aux yeux verts. Les conditions effroyables qui règnent au cœur du soleil ne le sont que pour les humains. La première fois, pour Alice, elles furent extrêmement pénibles. Pas cette fois-ci, car elle s'était structurée. Car les pouvoirs qu'elle a en elle ne sont pas comme des sécrétions naturelles. Ils doivent être travaillés, mis à l'épreuve. À chaque mise à l'épreuve, Alice risque sa vie. C'est pourquoi elle a toujours une angoisse d'affronter ces moments.

Mais cette fois n'était pas la première. Elle ne craignait plus rien !

Elle réussit à entrer en contact avec les Solariens qui manifestèrent ce qu'on pourrait appeler la joie de la revoir.

Elle choisit la première étape de son voyage : le satellite de Jupiter Europe, là où elle savait trouver le plus grand océan d'eau salée du système solaire (à part la Terre)…

Elle fut placée sur ce qu'on pourrait appeler une rampe de lancement qui pointait son voyage dans la bonne direction, voyage très bref pour un but pourtant si éloigné. Elle sortit de la calme photosphère, puis de la chromosphère du soleil portée par les violentes ondes de choc de la dissipation d'énergie de l'étoile, passant ainsi d'une température de dix mille degrés à plusieurs millions de degrés ! Ces déplacements d'énergie se comportent comme une onde acoustique. Quand celle-ci dépasse le mur du son, elles produisent un choc, un choc énorme. Ces chocs, nombreux, balaient toute la surface du soleil et font monter la température jusqu' à ces millions de degré de la couronne du soleil, car l'énergie cinétique se transforme en enthalpie.

Alice se laissa porter par ces effroyables chocs, traversa la couronne et se laissa porter par le vent solaire, composé exclusivement de protons et d'électrons, mais séparés par un niveau d'énergie énorme, donc ne constituant pas des atomes d'hydrogène.

Le vent solaire la propulsa comme une catapulte quantique et elle se retrouva en orbite autour d'Europe...

Journal de Wilcox 5
Trois ans plus tard

Un mois de janvier encore...

Sms arrivé à 10 H 16, je l'ai appelée peu après 10 H 20 et soudain elle m'a raccroché au nez !

Pas très amical, puisqu'elle se décrétait mon « amie ».

Évidemment on a essayé de se rappeler et nos appels se sont croisés, finalement je l'ai eue. Elle me dit qu'elle avait raccroché, car elle avait cru que son hamster arrivait alors que c'était sa voisine ! Si elle avait tellement peur de son hamster qu'elle lui mette une muselière !

Puis on a échangé des banalités.

Enfin, comme je suis revenu sur ma blessure quand elle m'a demandé : « Et toi, combien tu pesais ? 1 kilo 600 ? » Elle me reprocha mes enfantillages, que j'étais resté un enfant, que je n'étais plus viril (elle avait dit « mâle » !) comme avant qu'on ait une liaison...

Qu'elle en avait déjà un à la maison, d'enfant (elle parlait de son mari)...

Je restai sans voix.

« Tu ne dis rien ? » M'interrogea-t-elle. Je ne répondis pas.

« Tu ne dis rien ? » Insista-t-elle.

« Non... » Répondis-je, assez las...

« Ben si tu n'as rien à dire on n'a qu'à raccrocher ! » Dit-elle en riant.

« Comme tu veux... »

Puis il y eut un enchaînement dont j'ai oublié la teneur ; il semble me souvenir qu'elle me dit à demi-mot que c'était fini et qu'il fallait s'en faire une raison... Enfin, du moins, ai-je cru comprendre cela... car au cours de la conversation qui suivit elle me rappela le contenu de notre relation actuelle selon elle, une relation très proche, nous deux dans notre bulle… Enfin, le truc classique de sa part… Elle remit sur le tapis le fait qu'elle était gênée que je lui dise « je t'aime ». Elle insista beaucoup là-dessus. L'histoire des enfantillages qu'elle me reprochait, c'était pour en arriver là… Cela devait lui rappeler ses péchés que je lui dise « je t'aime »…

Elle me dit :

« Pourquoi ça ne te passe pas ? Ça fait si longtemps… Ça devrait te passer…

- Non… Je garde toujours un espoir. On ne sait jamais ce qui peut arriver…

- On est ami, on est ami ! T'as pas besoin de me dire 'je t'aime'… »

Et ce fut moi qui contre-attaquai en lui disant qu'elle avait été volage avec moi puisqu'elle avait pris des engagements et ne les avait pas tenus…

Je venais sur ce sujet, car au début de la conversation, elle avait reçu un colis : deux paires de bottes, dont une rouge, qu'elle avait commandées… « Pour harmoniser avec mon sac rouge, expliqua-t-elle. »

« J'avais toujours dit que je n'aurais jamais un sac rouge, mais j'ai changé d'avis…

- Tu es coutumière du fait…

- Comment ça ?

- Oui, tu changes facilement d'avis, par exemple avec le type abject…

- On a le droit de changer d'avis.

- Oui, mais alors, il ne faut jamais dire "jamais". » (Ni "toujours", aurais-je dû rajouter)

Donc cela m'a rappelé que j'avais pris conscience de ce côté volage chez elle. J'avais fait le rapprochement avec son attitude pour notre liaison. Et cela déclencha en moi une violente angoisse.

J'enfonçai le clou :

« Tu es volage… Tu t'es engagée très jeune avec ton mari et c'est seulement ça qui t'empêche d'être volage… » (Je lui avais déjà tenu ce discours à propos de son patron avec qui elle aurait couché pour rendre sa femme jalouse, mais ne l'avait pas fait, car elle n'était pas célibataire).

Elle a marqué le coup. Je n'ajoutai pas qu'en fait, ce n'est pas son mari qui l'empêchait d'être volage, mais sa belle-famille »…

« Tu m'as trahi dès le début… Précisai-je.

- Oui, mais dès le début j'avais dit que ce n'était pas possible, qu'il fallait qu'on ne se voie plus… Tu as dit non, qu'on pouvait se voir quand même…

- Oui, tu m'as dit ça, mais immédiatement tu as été très entreprenante. Moi je suis resté très réticent, j'en suis resté à un flirt, mais tu as accentué les choses… »

J'ai oublié de lui dire qu'elle m'avait même forcé à lui dire : « Je t'aime ! » Alors qu'elle ne voulait pas en entendre parler deux minutes avant…

On a polémiqué un peu puis elle est revenue à de bons sentiments :

« Non ne croit pas ça ! Non ! Tu es l'homme le plus important de ma vie avec mon mari (*ça, c'était pas un compliment !*)… Comme tu l'as dit tout à l'heure ça a été très important… »

En fait, elle ne se rendait même pas compte que tout ce qu'elle disait ne me rassérénait pas…

Elle me dit quand même : « C'est de toi que je suis tombée amoureuse, de personne d'autre. Et il n'y a eu personne d'autre… et il n'y aura personne d'autre… »

C'est sûr qu'avec la tronche qu'elle se tirait désormais elle ne risquait pas d'en attirer !

Évidemment, en pleine discussion, son gros connard de hamster est arrivé.

Néanmoins, elle n'a pas raccroché de suite.

Elle a été très véhémente pour me rassurer : « Ne te fais pas de film ! Tu es très important pour moi… je n'ai pas été volage… » Et elle poursuivit ainsi encore…

Puis elle conclut : « À demain sans doute… Bisous ! Gros bisous ! »

J'espérais qu'on pût poursuivre la conversation le lendemain…

Néanmoins, elle me mit en garde pour cet après-midi :

« Cet après-midi, je suis avec ma fille… Alors, fais attention !

- Tu veux dire que je ne traîne pas les rues ?

- Non, mais fais attention… »

Et j'insistai bien pour finir : « Gros bisous, je t'aime ! »

Pour qui elle me prenait. Je fais ce que je veux et vais où je veux…

Elle devait penser plutôt à des coups de fil intempestifs…

Je pensais de nouveau qu'elle aimait les types qui l'humiliaient. Cela rejoint le fait qu'au début qu'on se connaissait, elle me disait qu'elle aimait les machos. La conversation de ce matin le confirmait.

Elle aimait un vieillard lubrique et le type abject qui l'avaient humiliée. Sans parler de son hamster qui n'avait fait que ça toute sa vie.

Le soir, au moment (17 H 45) où je sortais pour tenter de la voir sortir d'un de ses magasins, le téléphone fixe sonna. Je décrochai tout habillé pour sortir et c'était elle avec sa petite voix.

La discussion a duré 1 H 39 !

Elle a commencé à me décrire les vêtements d'enfant qu'elle avait achetés pour une collègue.

Un moment elle me dit :

« Oh, mais ça ne doit pas intéresser un homme ça !

-        Justement, répondis-je, je n'en suis plus un… »
Elle ne releva pas…

Elle avait été faire les courses avec une vraie équipée !
Puis elle est allée voir une commerçante (elle n'a fait
que me répéter ce que je savais déjà).

J'ai fait plein d'allusions à la discussion du matin. Notamment à ma virilité que j'aurais perdue.

On a discuté de nos dossiers. Un collègue m'avait envoyé des documents…

Quand je parlais, elle me coupait immédiatement la
parole et j'ai dû à plusieurs reprises mettre un holà !

Elle était très énervée. Tant mieux !

Moi j'étais encore remonté et toujours aussi remonté
après avoir raccroché.

Franchement j'aurais mieux aimé qu'elle ne m'appelle
pas !

J'ai quand même terminé avec de « gros bisous » elle,
avec de simples « bisous »

J'imaginais d'ailleurs des mises en scène provocatrices à
mettre en place le lendemain matin…

La discussion allait être houleuse !

Sms arrivé à 10 H 34. Très tard ! Pour une conversation
de 37 minutes seulement.

Il est rentré tôt hamster. « Pourquoi il arrive si tôt ce
con ? » S'exclama-t-elle, déçue quand elle le vit arriver.

Elle a été très gentille. Moi j'étais un peu plus calme,
mais je n'ai rien retiré des reproches que j'avais à lui
faire…

Je lui ai même dit qu'elle se laisser humilier par certains
hommes. Elle ne le nia pas, mais dit qu'elle n'en faisait
pas cas quand elle méprisait les gens en question. La
rapidité de sa réponse m'empêcha de lui faire la liste.
Mais la question reviendrait…

Moi j'ai toujours eu beaucoup de respect pour elle, donc j'en avais conclu qu'elle m'avait dit que je n'étais pas un homme à cause de cela…

Elle s'en est tirée comme elle a pu, expliquant, enfin le disant seulement, sans être capable de l'expliquer, que « mâle » n'avait pas le même sens chez elle. Mais quel sens avait donc ce mot pour elle ? Elle affirma que j'étais la seule personne qu'elle connaisse qui a toujours eu beaucoup de respect pour elle, que j'étais resté un gentleman…

Comment était venue cette histoire de respect ?

Eh bien parce qu'elle était revenue sur notre premier flirt. Je lui ai rappelé que j'avais bien compris son désarroi, et qu'au début je l'embrassais du bout des lèvres. Que je me suis bien gardé de la caresser… C'était elle qui m'avait embrassé divinement à pleine bouche et qui m'avait obligée à lui dire « je t'aime »… Alors que trente secondes avant elle m'avait affirmé qu'on ne devait plus se voir, car on était trop attiré l'un par l'autre…

Je maintins que j'étais toujours amoureux d'elle, qu'elle aussi certainement (elle ne l'a pas nié…) que le temps n'y faisait rien.

Elle me reposa la question :

« Si je te disais demain qu'on part ensemble tu partirais ?

-       Oui, mais ça ne serait pas 'foutre en l'air' ma vie. Ma vie (contrairement à toi !) ne se résume pas à une vie conjugale… elle est immense ma vie en dehors de ça ! »

Enfin bref, la discussion fut assez intéressante, intense, et elle fut très déçue quand son mari arriva…

Elle est bien sûr revenue sur le fait que je pensais qu'elle était volage. Je maintins qu'avec moi elle l'avait été…

Elle insista pour dire qu'avec moi ce n'était pas une aventure.

« Bof, tu avais un vide, une envie sexuelle, un manque, un trou à boucher que tu as bouché avec moi !

-        Pas du tout ! Bien plus jeune, j'aurais eu des raisons de le faire, et à cet âge-là on a beaucoup plus de besoins qu'à l'âge que j'ai, et je ne l'ai pas fait... »

Je ne sais plus ce que j'ai répondu, mais ce dont je suis sûr c'est que j'ai pensé qu'elle me donnait là entièrement raison... Au passage je notais que sa vie sexuelle avec hamster ne devait pas être folichonne pour avoir dit ça...

Je lui dis aussi qu'elle était coincée par la famille. Elle protesta et affirma que désormais elle était libre. Que c'était pour son couple et pas pour sa famille. Je n'en croyais rien...

Je n'avais pas manqué au début de la conversation de lui dire que ça n'allait pas, car elle m'avait traité de gamin, eunuque et hydrocéphale. Elle était toute contrite.

Elle nia farouchement. Me dit que si elle avait tenté de me parler de ne plus lui dire « je t'aime » c'était pour moi, pour que je me sente plus apaisé... Et alors, en quoi je me sentirais plus apaisé ?

D'ailleurs, après cette discussion somme toute agréable, je ne me suis pas senti du tout apaisé...

Un moment elle me dit :

« Tu m'as rendue si heureuse et moi je t'ai rendu si malheureux...

-        Oui, chaque moment de plaisir qu'on a partagé tu me l'as fait payer cher ensuite. »

On s'est quittés sur de gros bisous des deux côtés...

Je me retrouvai très désabusé... Mélancolique...

Le soir elle a appelé au portable vers 16 H 02. On a parlé boulot pendant 1 H 20. Elle parlait du nez et avait la voix très prise. Je me demandais si elle n'avait pas pleuré…

Elle m'expliqua qu'elle avait dormi et que cela l'avait prise du nez.

En fait elle m'a appelé deux fois ce week-end…

Mais j'étais toujours aussi désabusé, las…

En fait, je me suis rendu compte qu'elle n'était plus la même… Ce n'était plus la même femme que celle du début…

Que c'était-il passé en réalité ? En fait je n'en savais rien. Elle-même ne m'avait jamais donné une explication plausible. Juste de vagues ressentiments.

De plus, elle avait des trous de mémoire, elle ne se rappelait plus de certaines choses…

Trois rêves :

J'étais dans un garage. Avec un ami. Il y avait des véhicules très mécaniques, très puissants, genre du film "Mad Max". Il changeait de pneus… Cela me rappelait quand je faisais de la mécanique.

Les pneus usagés et chambres à air dégonflées signifient l'impuissance..

Un autre : je partais en voyage dans un minibus. Il était complet. J'étais obligé de m'installer (mal) entre deux sièges. Une fois arrivé, je me suis aperçu que j'avais oublié mes papiers dans le bus.

Je me suis levé très angoissé après un cauchemar dans lequel je me retrouvais dans une maison de campagne que j'avais vendue et que je trouvais très bien , regrettant de l'avoir cédée.

Un gros insecte m'attaqua et un vieillard lubrique gentil l'attrapa avec des pinces et je l'écrasai avec une pierre.

L'insecte dans le rêve peut signifier un danger. Certains disent que tuer un insecte signifie « richesse »…

La présence du vieillard lubrique, les pinces, tout cela me renvoit à mon désir sexuel violent pour elle, désir non satisfait. L'insecte en est le symbole.

Cet « insecte » dans le rêve avait tout de la chenille, ce qui suppose une métamorphose avortée puisque je l'ai écrasée avec une pierre avec l'aide du vieillard lubrique…

La pince représenterait une décision définitive. Mais laquelle ? Celle de me séparer d'elle puisque j'ai écrasé la larve ? Il faut dire aussi que j'ai souvent traité mentalement son mari de larve… Ce serait donc peut-être lui que j'ai écrasé. C'est cela la décision : écraser son mari !

Je ne sais pas pourquoi ce rêve était si angoissant. J'avais mal au ventre et la nausée.

Garand 6

Garand est revenu de sa réunion sur Mars. Il était préoccupé par le sort d'Alice partie en voyage aux alentours de Jupiter. Mais l'urgence était de voir si Gueule Cassée avait lu son propre journal, qu'il avait rédigé avant sa mort. Sa lecture aurait peut-être éclairci certaines choses.

Gueule Cassée était toujours là, immuable dans sa déchéance physique où l'avait mené ses agissements inconsidérés.

« Alors Gueule Cassée, as-tu lu ton journal ?

- Ououuui ! répondit-il de sa voix traînante.
- Et alors qu'as-tu découvert sur cet homme noir ?
- Rien... Mais j'ai eu comme un choc en lisant ces pages. Ce que j'ai lu ne correspond pas à mes souvenirs. Je me souviens plutôt d'une espèce de sorcière qui m'a ensorcelé, et qui me tenait sous son joug. Elle m'a demandé de faire des choses terribles. J'ai eu peur. J'ai été terrifié. J'ai voulu mourir, mais en même temps il a fallu que je lui obéisse. Que je tue le maximum de monde... J'ai fait d'une pierre deux coups, j'ai tué du monde et je suis mort. Pas mal non ?
- Et pourquoi voulait-elle que tu tues des gens ?
- Je ne sais pas... Son mari aussi le voulait.
- Son mari ??? Tu as vu son mari ?
- Oui. Mais ce n'était plus elle. Elle était devenue quelqu'un d'autre. Quelque CHOSE d'autre...
- Ah ! La mémoire te revient.

- Non… Je la sens me parler ! elle me parle dans ma tête et au fur et à mesure qu'elle me menace, des souvenirs remontent à la surface.
- Elle te menace ?
- Oui. Mais je m'en fous, vu l'état dans lequel je suis. Plus rien ne peut m'atteindre.
- Elle sait que tu es dans cet état ?
- J'imagine que non… »

Garand pensa immédiatement aux centaines de morts de l'attentat. Le terroriste, lui, avait réussi à faire ce que Gueule Cassée n'avait pas pu faire aussi bien…

Il réfléchit.

Il réclama le journal. Le zombie/Golem le lui tendit.

Il l'attrapa brutalement et lut les derniers chapitres qui n'étaient pas encore apparus dans sa tête…

Avait-il le droit de faire ça ? Une angoisse le saisit. Il quitta des yeux le paquet de feuillets et regarda Wilcox. Vu la situation, il n'avait rien à perdre.

Il se lança dans la lecture debout devant le monstre assis devant lui… Il lisait à toute vitesse…

Journal de Wilcox 6
Six ans plus tard...

Ce fut cette année qu'elle me reprocha soudain de ne plus lui dire « je t'aime ». Effectivement, j'avais fini par me lasser, me contentant de lui dire : « Ma chérie que j'aime »... Mais elle me demanda de lui dire : « Je t'aime » ! Ce que je m'empressai de faire, sachant pertinemment qu'un jour arriverait où ça la gênerait vis-à-vis de son mari... En attendant, profitons.

Vers 10 H 30 : elle m'a dit « je t'aime » ! Et pas comme ça en passant... Avec toute une discussion très amoureuse... Ce n'était pas arrivé depuis cinq ans ! Enfin, quatre ans et demi ! Une véritable déclaration d'amour... Un échange très amoureux. Mais que s'était-il passé ? J'en suis sorti bouleversé...
Elle m'avait dit qu'on aurait pu partir ensemble, mais cela n'a pas été possible. Elle n'a plus dit qu'elle n'avait pas voulu, elle a dit que cela n'avait pas été possible. Elle m'a même raconté qu'elle avait remis sa lingerie de l'été chaud quand nous nous sommes tant aimés... Tout cela est arrivé après une discussion sur son corps qui avait vieilli. Alors que je lui parlais de son évolution, de sa maturité, elle me dit qu'en effet elle n'était plus la « brave Margot » que j'avais connue, et c'était grâce à moi...
Quelle matinée superbe...
Je craignais le retour de la « vague »... Mais non, je pensais qu'il n'y en aurait pas, pas cette fois, pas si longtemps après !

Le dimanche s'est bien passé. On n'est pas revenu sur nos échanges amoureux (verbaux) de la veille...

Lundi je me suis proposé pour aller la voir pour une affaire. Je proposai de la voir en début d'après-midi. Elle négocia pour que je vienne vers 17 H 15… « Comme ça on pourra être plus longtemps ensemble… » Ajouta-t-elle. Ce qui me mit la puce à l'oreille…

J'y suis donc allé le cœur vaillant à 17 H 10 et on a traité nos affaires. Elle avait mis un chemisier crème très clair transparent qui laissait voir son soutien-gorge blanc… Elle mettait toujours des chemisiers transparents quand elle voulait séduire quelqu'un…

Deuxième indice.

Puis quand on est sorti, elle dit : on ne va pas sortir par devant (alors qu'elle venait de fermer…) on va sortir par derrière.

J'en profitai une fois dans l'arrière-boutique pour tenter de lui faire un baiser sur la bouche auquel elle répondit passionnément, langue contre langue ! Je tentai de lui caresser les seins, elle repoussa mes avances. Mais le baiser, les baisers furent fougueux comme au bon vieux temps ! J'en étais baba ! Sur les genoux !

Et on était le 11 mai. Un anniversaire : la troisième fois qu'on avait fait l'amour chez elle il y a six ans !

On est restés longtemps ensuite à côté de sa voiture. On a longuement parlé de notre amour. Qu'il était toujours vivant, brillant, chaud comme de la braise…

Je lui dis qu'on était le 11 mai, date anniversaire et que cette année ces dates étaient le même jour de la semaine que la première année… Et qu'il y avait aussi le jeudi 14 mai, avec lequel elle n'était pas d'accord… Elle revint sur sa position et dit que sans doute elle m'avait appelé comme elle l'avait fait parfois.

Elle me redit qu'elle n'avait plus de rapports sexuels avec son mari et qu'il n'était pas demandeur… Elle ne

se refusait pas à lui, c'était lui qui ne demandait pas…
Sans doute à cause de sa maladie, dit-elle.

Moi, mon désir pour elle était toujours vivace.

Elle me dit qu'elle pensait constamment à moi (moi itou !) et qu'elle regrettait qu'on n'ait pas pu vivre ensemble, jamais pu vivre tous les deux, corps contre corps avec du temps devant nous…

Effectivement, il n'y a pas eu de vague… Elle me redit « je t'aime… », juste en partant, mais si bas que je ne l'avais pas entendu, elle le répéta plus fort.

On s'est téléphoné pendant le voyage du retour, toujours aussi amoureusement…

J'ai connu une soirée merveilleuse comme au bon vieux temps !

J'étais bouleversé. J'avais encore le goût de son parfum. Comme au bon vieux temps…

TROISIÈME PARTIE
ALICE AU PAYS DES MERVEILLES

Garand 7

Sa lecture finie, Garand leva son regard sur Wilcox, le Zombie/Golem. Il lui dit :

« Henry, mais ton histoire d'amour ne se finit pas si mal que ça ?

- Ah bon ?
- Ben oui. Tu ne files plus le grand amour avec Sonia, mais vous avez de très bonnes relations !
- Ben si vous le dites…
- Mais je ne vois pas pourquoi tu t'es suicidé !
- Je vous l'ai dit, j'y ai été poussé…
- Poussé par quoi ?
- Quelque chose, quelqu'un dans ma tête, une folie furieuse, l'envie de tuer tout le monde…
- Je vois… »

Il demanda : « Es-tu marié ?

- Jamais été marié…
- Dans ton journal tu expliques que tu as lu un livre qui s'appelle *Nyarlathotep*… Tu t'en souviens ? »

Garand n'espérait pas de réponse sensée. Mais il se trompait !

« Oui ! » Répondit Wilcox immédiatement. Après un moment de silence, il se mit à raconter :

« C'était passionnant ! C'est qui ce Lovecraft ? Il écrit dès le début : ' Nyarlathotep… le Chaos rampant… Je suis le dernier… Je vais décrire le vide odieux…'

- Eh oui ! c'est cela !
- Silence ! Il faut lire jusqu'au bout, car dans ce livre tout ce qui se passe ici est expliqué !
- Tu en es sûr ?
- Oui. Lisez-le, vous verrez.

-   Je sais, je l'ai déjà lu… »

Il rendit le journal à Wilcox qui ne le prit pas et laissa tomber les feuilles en un tas tout tordu, les papiers dans tous les sens…

Mais Garand avait déjà tourné les talons. Il se faisait un souci d'encre pour Alice. Il courut chez HPL/Dagon pour demander de ses nouvelles.

Il y retrouva toute l'équipe : Jean, Véronique son ancienne maîtresse et HPL. Dagon n'était toujours pas là… Mais on n'avait toujours pas besoin de lui.

« C'est moi ! dit-il en arrivant. »

« On voit bien ! ricana Jean. »

« Oh ça va ! Où est Alice ?

-   Partie s'envoler vers Europe le satellite de Jupiter ! répondit-il.

-   Quouââ ???

-   Ben tu as bien entendu… Tu étais bien au courant !

-   Mais pourquoi est-elle déjà partie ?

-   Parce qu'elle l'a décidé !

-   Ah Zut ! J'aurais voulu lui parler avant qu'elle ne parte…

-   Pour lui dire quoi ?

-   Lui parler de Nyarlathotep…

-   De Nyarlathotep ?

-   Oui, grâce à toi j'ai un lien avec lui, comme toi, un lien ténu, mais un lien quand même. Et je suppute que si « on » m'a envoyé ici, ce n'est pas pour rien. Tous ces événements dramatiques pourraient être le signe avant-coureur de Nyarlathotep. Même cette histoire d'amour…

-   Quelle histoire d'amour ?

- Eh bien, le journal d'un amoureux transi a abouti au suicide terrifiant de ce pauvre homme, ce qui a produit de nombreux morts. Cela ajouté à l'attentat ici et à l'apparition d'un Homme en noir dans l'histoire d'amour m'amène à conclure que Nyarlathotep est à l'origine de tout cela… »

Il fit une très courte pause pour réfléchir. Il ne parla pas de la participation de la Mort à la réunion stratégique qui avait eu lieu récemment sur Mars. C'était d'ailleurs à cette réunion qu'il avait appris que Nyarlathotep faisait preuve d'une certaine mauvaise humeur.

« Cela avait commencé ici à Espérance la dernière fois, comme vous le savez. La présence de Joseph Curwen prouvait inéluctablement l'implication de Nyarlathotep…. »

Tout le monde resta silencieux. La démonstration était claire et sérieuse…

« Alors quand vous me dites qu'Alice est partie là-bas sans qu'on l'ait au moins un peu briefée, je l'ai mauvaise ! Quel moyen a-t-elle utilisé ?

- Le soleil via le Drac…
- Ce n'est pas une bonne nouvelle, vu que le nouveau protégé du Drac n'est autre que Brown Jenkin !
- Quoi ? Mais il n'est plus avec Keziah ?
- Non, visiblement non…
- Howard, peux-tu interroger le Drac avec tes appareils ?
- Oui je m'y emploie de suite »

Après un long silence, tout le monde étant prostré et songeur, Garand reprit la parole.

« Vous ne connaissez pas une sorcière, une vraie, qui ne serait pas inféodée à Nyarlathotep et qui pourrait nous donner un coup de main ? Pour au moins maîtriser Brown Jenkin ?

- Mais à quoi ça sert pour aider Alice ??? répliqua Jean.
- Oui, effectivement, mais si Alice a rencontré le Drac pour passer par le Soleil, elle a eu inéluctablement affaire à Brown Jenkin.
- OK. J'attends qu'Howard ait terminé sa recherche et je lui demande…
- Moi je vais employer l'autre chemin pour essayer de rejoindre Alice, celui du puits de la colline…
- Es-tu sûr qu'il est toujours actif ?
- Je ne sais pas. Je vais voir. À bientôt j'espère.
- Attends, je viens avec toi !
- Tu crois ? Je ne veux pas d'histoires hein ?
- Promis, juré !
- Au fait, savez-vous si Alice a emmené avec elle le tétraèdre noir ?
- On ne lui a pas demandé, mais je suis sûr que oui. Elle ne s'en sépare jamais…
- Bon, alors allons-y ! »

Alice 2

Alice atteignit Europe, le satellite de Jupiter.

Le ciel était noir et la géante gazeuse emplissait le ciel. Le satellite Europe à une distance de 670 900 kilomètres est environ deux fois plus éloigné de sa planète que la Lune, qui en est distante de 384 400 kilomètres… La planète gazeuse est plus de dix fois plus grande que la Terre : 139 820 kilomètres pour 12 742…

Elle emplissait bien mieux le ciel et le spectacle était formidable. Rien que pour ça, le voyage valait le coup. Même si venir ici lui demandait une douloureuse lutte de tous les instants. Il fallait que l'enjeu soit important…

Son corps n'était pas matériel. Cette matière était restée là-bas, sur Terre, au fond du fleuve. Seules les informations, des milliards de milliards d'information sur sa constitution et ses connaissances avaient voyagé. Elle était en quelque sorte « numérisée ».

Cela lui avait permis le voyage, mais aussi lui offrait la possibilité de pénétrer à l'intérieur d'Europe. Le sol est constitué de glace. Une très épaisse couche de glace. Mais, elle l'avait appris, des geysers d'eau et de glace s'élançaient de la surface. Il lui fallait en trouver un…

Ce fut facile, il y en a beaucoup. Elle s'enfila à contre-courant dans la brèche de la glace à − 150 °C et s'enfonça dans les profondeurs du satellite.

Elle était sûre qu'elle trouverait de la vie dans ces profondeurs. Comment un astre si petit a pu accumuler de si grandes quantités d'eau ? Et de l'eau salée qui plus est !

La couche de glace est épaisse de 80 à 170 kilomètres. Peu lui importait puisqu'elle se déplaçât à la vitesse de la lumière. Il lui fallut une fraction de seconde pour plonger dans ce noir océan…

Elle n'avait pas besoin de lumière. Elle savait voir dans la plus parfaite obscurité.

Elle songeait à R'lyeh, la cité de Cthulhu, au fin fond du Pacifique (47°09' latitude sud - 123°43' longitude ouest). Mais pourquoi donc une entité comme Cthulhu avait besoin d'une cité en pierre, et sous l'eau ?

Elle ne savait pas pourquoi, peut-être ne le saurait-elle jamais, mais elle était sûre qu'elle allait découvrir ici, là où elle se trouvait, la cité cyclopéenne de R'lyeh…

Et donc aussi son unique habitant…

Et soudain, arrivée à une certaine profondeur (elle avait notablement baissé sa vitesse) elle sentit le fond se rapprocher d'elle. C'est l'impression qu'elle avait : ce n'était pas elle qui s'approchait du fond, mais le fond qui s'approchait d'elle…

Et, donc, elle aperçut R'lyeh !

Telle que l'avait décrite Lovecraft dans *L'Appel de Cthulhu* : « *L'effroi provoqué par les proportions incroyables des blocs de pierre verdâtres, la taille délirante du grand monolithe sculpté ou la stupéfiante parenté des statues colossales et des bas-reliefs avec l'idole étrange découverte dans le coffret sur l'Alert transparaissait de façon poignante à chaque ligne de la description horrifiée du premier lieutenant.* » et d'ajouter « *la géométrie du paysage onirique qui l'entourait était aberrante, non euclidienne ; elle évoquait de manière odieuse d'autres dimensions et d'autres sphères d'existence* ».

« De fait, songea Alice, cet aspect boueux, sale, n'était qu'une illusion, notre pauvre cerveau ne pouvait comprendre ce que je vois, ce que les marins de *L'Appel de Cthulhu* voyaient. Alors il nous laissait entrevoir tout ce qui est maléfice dans ce monde par des visions d'horreur matérielle… »

Elle « marchait » désormais dans les rues de cette cité cyclopéenne. Cthulhu avait-il « détecté » sa présence ?

Elle pensait que oui, mais elle ne s'inquiétait pas…

Elle songea également à sa péripétie sur Titan, le satellite de Saturne où séjourne toujours Nyarlathotep qui avait ressuscité Joseph Curwen. Sans doute que lui aussi avait bénéficié d'un alignement d'étoiles[6]…

Brown Jenkins trottinait à côté d'elle… Elle le voyait trottiner, mais dans le monde adimensionnel où ils se trouvaient, chacun voyait comme il l'entendait. La réalité était différente pour chacun. Peut-être que lui se voyait voler…

Mais pourquoi Brown Jenkin avait voulu l'accompagner ? S'il lui avait demandé, elle aurait refusé. Mais c'était le Drac qui lui avait demandé. À lui, sauf danger immédiat, elle ne pouvait rien refuser…

Elle posa la question au rat :

« Sale rat ! Pourquoi as-tu voulu m'accompagner ?

- Pour la même raison que toi…
- Ah ? Tu connais le motif qui m'a amené ici ?
- Oui ! Tu viens vérifier si Cthulhu est bien venu ici… »

Alice resta sans voix un moment. Puis elle reprit la conversation :

« Et pourquoi cela t'intéresse ?

- Ce n'est pas moi qui suis intéressé, c'est mon maître…
- Le Drac ?
- Non… Le Drac est seulement celui qui m'a hébergé…
- Keziah ?
- Non, mon ex-maîtresse est hors course…

[6] Voir le volume précédent de la série : « Yuggoth et Titan »

- Mais qui alors ?
- Tu n'as pas à le savoir !
- Si tu ne me le dis pas, je rebrousse chemin…
- Tant pis ! »

La jeune femme réfléchit. En fait, c'était simple. Brown Jenkin était le familier d'une grande sorcière. Et toute sorcière de ce niveau était inféodée à Nyarlathotep… Le familier d'une inféodée à Nyarlathotep ne pouvait être qu'inféodé à ce dernier…

Elle ne dit rien et poursuivit son chemin sous les sarcasmes de l'animal.

Elle poursuivit sa réflexion : si Brown Jenkin était inféodé à Nyarlathotep, ce pouvait être le cas aussi du Drac ? L'affaire se complique… Mais cela avait peu d'importance.

Le plus important était de comprendre pourquoi Nyarlathotep voulait savoir si Chtulu était parti ?

Elle attaqua une nouvelle conversation avec Brown Jenkin. Évidemment il ne s'agissait pas de paroles, de sons, mais quand même d'ondes acoustiques, dans le sens d'ondes transportées par le liquide dans lequel ils baignaient et que chacun, en tant qu'ondes énergétiques eux-mêmes, pouvait ressentir.

« Dis-moi sale rat…
- Ah j'aime quand tu m'appelles comme ça !
- Donc tu m'as avoué implicitement que tu es venu avec moi pour vérifier si Cthulhu était bien venu ici.
- Si tu le dis…
- Oui, puisque tu m'as dit, je cite de mémoire, que tu étais venu ici pour les mêmes raisons que moi…
- Ah ? Je l'ai dit ?
- Il y a une minute !

- Si tu le dis.
- En fait, j'ai compris : tu es toi-même aux ordres de Nayarlathotep, le chaos rampant ! »

Le rat ne put s'empêcher de se laisser envahir par la vantardise :

« Oui ! Bien sûr. Je suis un sale rat, mais le messager du messager des Dieux ! »

Alice sourit intérieurement. Elle tentait de lier le départ présumé de Cthulhu de la Terre avec une décision de Nyarlathotep ; elle savait depuis l'épisode de Joseph Curwen à Espérance que Nyarlathotep s'était réveillé.

Mais étant donné qu'ils avaient fermé la porte qu'il avait ouverte entre la Terre et le monde de M., elle pensait que cela n'avait pas plus de conséquences que cela. Mais il semblait que si.

Elle se remit à son ouvrage : détecter la présence de Cthulhu. Elle savait désormais qu'il était là, puisqu'il avait visiblement emmené sa ville avec lui !

À l'origine Cthulhu et ses congénères vivaient à la surface de la Terre. Ils étaient venus envahir notre planète, venus des étoiles. Mais on ne sait pas pourquoi (l'explication de mouvements tectoniques me paraît un peu légère…) ils ont été précipités sous l'océan pacifique et plongés en léthargie… En fait il n'en existait plus qu'un exemplaire.

Cthulhu attendait de remonter à la surface pour envahir la Terre. Dans son reportage « L'appel de Cthulhu », Howard Phillips Lovecraft l'a montré émergé des flots par un mouvement tectonique inverse, puis ensuite, après qu'il eut fait peur à ceux qui l'ont découvert, la Terre l'a de nouveau englouti…

« Si j'étais à la place de Nyarlathotep, je me dirais que ce Cthulhu dormait au lieu d'agir et d'envahir la Terre… Alors qu'il aille se faire voir. Il l'a rapatrié ici et a bien, l'intention de faire quelque chose lui-même pour envahir notre planète. Mais pourquoi toutes ces horribles entités voulaient envahir la Terre ? Elles ne peuvent pas nous foutre la paix ?

Elle multiplia ses déplacements pour tenter d'apercevoir Cthulhu. Il devait dormir, enfin on appelle ça « être en léthargie ». Alors elle ne risquait rien.

Après des milliers d'essais en quelques fractions de seconde elle l'aperçut.

Monumental. Une forme humanoïde très trapue. Un être très costaud, un peu gros, je dirais, gras du bide, si son anatomie pouvait être nommée ainsi. Il avait effectivement « une affreuse face de poulpe aux tentacules grouillants », comme l'avait décrit HPL. Dans cette description, il appelait Cthulhu « Cela », avec un grand « C » s'il vous plaît... Et Cela était une « immense et gélatineuse masse verte » et « son corps écumeux », avec des jambes de saurien et de très longues ailes très pointues.

Mais il l'avait décrit déjà avant de le voir, à partir d'une statuette qui le représentait, objet d'un culte satanique.

Et voici sa description :

« (...) un monstre à silhouette vaguement anthropoïde avec une tête de pieuvre dont la face n'aurait été qu'une masse de tentacules, un corps écailleux, d'une grande élasticité, semblait-il, des griffes prodigieuses aux pattes postérieures et antérieures, de longues et étroites ailes dans le dos. (...) elle était d'une corpulence presque boursouflée et paraissait tassée sur un bloc rectangulaire, une sorte de piédestal, couvert de caractères indéchiffrables. »

Là, Alice le voyait accroupi sur ce même piédestal. Il était en léthargie.

Comme le dit la formule :

« N'est pas mort ce qui à jamais dort

Et au fil des âges peut mourir même la mort. »

Et aussi :

« Du fond de son tombeau à R'lyeh

Cthulhu rêve et attend. »

Alice tenta de retenir les dessins des hiéroglyphes du socle et elle jeta un œil sur Brown Jenkin. Le rat avait l'air fasciné. Il s'élança vers Cthulhu avant qu'Alice ne puisse faire quoi que ce soit pour l'en empêcher. L'animal grimpa sur l'ignoble Cthulhu et tenta de le mordre. Mais il n'était pas solide, et cette action fut vaine. Il tenta autre chose et essaya de traverser le corps hideux. Ce qu'il réussit parfaitement, mais sans aucune réaction du monstre.

« Mais il tente de le réveiller ! » S'écria-t-elle.

« Oui ! J'essaie pour voir s'il se réveille. Ce sont mes instructions… »

Alice était terrifiée. Bien qu'elle ne soit que sous forme d'éther, elle ne savait pas quelles seraient les consé-quences de cet éventuel réveil…

Rien ne se passa. Enfin, si peu… Le grand corps (géla-tineux, avait écrit HPL) tressauta légèrement sans plus. Ce put même être une illusion d'optique.

Non, il ne se réveillait pas, il était là sous l'eau à très grande profondeur, soumis à une intense pression… Dans l'obscurité totale. Et il n'était même pas vraiment mort, ni vraiment vivant.

Le rat la rejoignit, si tant on peut parler de cette manière très spatiale concernant les mouvements dans un espace euclidien à trois dimensions, alors qu'ils se trouvaient dans on ne sait quel espace-temps…

Jean & Garand 1

Jean et Garand se précipitaient dans les escaliers qui menaient à la colline entre les immeubles des étoiles.

La nuit était tombée depuis longtemps. Les souvenirs terrifiants liés à cet endroit serraient la gorge de Jean. Garand, lui, ne ressentait rien. Il était imperméable aux sentiments, quels qu'ils soient. Il en était de même pour tous les membres de son espèce, celle des « voyageurs ». Mais depuis la naissance d'Alice, un sentiment s'était introduit dans son cerveau d'une taille normale, mais d'un contenu gigantesque, tellement grand qu'il avait du mal parfois à en atteindre certaines parties... Ce sentiment délicieux, les êtres humains l'appelleraient « amour paternel ». Il ne pouvait pas s'en défendre. Ses missions étaient prioritaires, il ne pouvait y échapper, mais l'amour paternel qu'il portait à Alice ne s'effaçait pas. C'est ce sentiment qui l'avait amené à monter ces escaliers quatre à quatre, et qui l'avait rapproché de Jean, le père d'Alice à l'état civil, mais personne ne saurait jamais (sauf à faire une analyse ADN, mais Alice s'y refuserait) qui était son père naturel. Mais peu importe, il s'en fichait, le sentiment était là !

Une femme les surveillait sans être vue. Cela faisait longtemps qu'elle attendait là. On aurait pu croire qu'elle les attendait. Plutôt qu'elle attendait de les voir passer. Lorsqu'ils se furent éloignés en montant le sentier elle descendit de son perchoir et se rendit dans la cité des étoiles.

Lorsqu'ils furent arrivés à proximité des ruines des anciennes fortifications du village médiéval, Garand aperçut la margelle du puits grâce à son regard acéré. Il attrapa le bras de Jean et lui dit :

« Là ! Elle est encore là !

- Ah ? OK
- Tu n'étais jamais revenu ici ?
- Non… Jamais osé…
- Trouillard ! »

Mais Jean n'appréciait pas cet humour…

Il était doublement inquiet : il avait senti comme une présence en chemin. Mais n'avait rien vu. Il faisait trop sombre.

« N'as-tu rien ressenti en montant ? ». Demanda-t-il à Garand.

« Oui, quelqu'un nous surveillait. Mais qui ? De toute façon nous ne pouvons reculer, il faut y aller… »

Jean avait comme l'impression que Garand en savait plus qu'il ne voulait bien dire…

Ils descendirent dans le puits et traversèrent la paroi brillante du fond…

Sonia

La femme chercha un peu son chemin à la lumière des réverbères. Et s'engouffra dans une traboule. Elle attendit encore longtemps dans l'obscurité que quelqu'un entre dans le hall d'entrée de l'immeuble pour se précipiter et garder la porte ouverte en introduisant son pied dans l'entrebâillement avant qu'elle ne se ferme en claquant.

Elle monta à l'étage et sonna à la porte. Il était tard et elle espérait qu'on viendrait lui ouvrir. Elle savait qu'il ne restait que deux personnes dans l'appartement.

Elle constata que quelqu'un regardait à l'œilleton de la porte, et entendit la serrure jouer.

La porte s'ouvrit et elle reconnut immédiatement Véronique. Elle savait que HPL était là également.

« Bonsoir. Je suis désolé de vous déranger. Je viens vous parler de Nyarlathotep… Je suis la femme du journal du suicidé, enfin, je l'étais… Mon nom est Sonia Green. »

Véro la sonda en la regardant fixement. Mais la femme soutenait son regard en souriant. Véro détecta quelque chose de maléfique en elle, mais ce mal n'était pas dirigé contre elle. Pour le moment il restait sage, si on peut dire.

« Bonsoir Sonia. Vous avez le même nom que l'épouse de Lovecraft ?

- Non, moi c'est Green sans 'e' à la fin
- Ah ! Quelle coïncidence alors ! Eh bien entrez ! »

Répondit la très belle femme qu'était Véronique qui se sentait sûre d'elle pour gérer cette fantastique rencontre…

« Vous avez attendu que Jean et Garand soient partis pour venir ? » Questionna-t-elle habilement.

« Oui, c'est vrai, c'est vous que je voulais voir, et HPL.

- Ah ! Je vois que vous savez tout…
- Oui, je sais tout, et je viens vous apporter de l'aide…
- C'est un peu ce que j'ai ressenti en vous sondant… Vous êtes une sorcière ?
- Oui. Je le suis devenue… Lorsque l'homme en noir est venu me voir.
- L'homme en noir est venu vous voir ???
- Oui.
- Et qu'avez-vous fait.
- Rien. Que voulez-vous que je fasse étant donné que j'étais une simple femme sans aucun pouvoir.
- Mais… L'homme en noir est Nyarlathotep !!??
- Oui. Il m'a ensorcelée, dans le vrai sens du terme.
- C'est-à-dire ?
- Vous connaissiez Keziah, bien sûr ?
- Oui, mais nous l'avions neutralisée…[7]
- Neutralisée, oui, mais pas éliminée !
- Je ne sais pas, nous pensions que si…
- Vous aviez tort. J'ai donc été possédée par cette sorcière. Elle a amené avec elle son familier, l'ignoble Brown Jenkin. Mais je n'ai pas perdu mon autonomie, j'ai casé Keziah dans une cellule de mon Moi que j'ai bien fermée à clé. Et j'ai fait semblant d'être Keziah…
- Hein ? Et Nyarlahtotep n'a rien remarqué ?

---

[7] Voir « Yuggoth et Titan »

- Non. Il sentait la présence de Keziah en moi et j'utilisais cette dernière pour être au courant de tout…
- Wouahhh ! Hénaurme !
- N'exagérons rien. Donc je suis venu pour travailler avec vous.
- Quel est votre nom de sorcière ?
- Véra !
- Oh, comme c'est drôle…
- C'est pourtant vrai…
- Et pourquoi voulez-vous me voir seule ?
- Je ne voulais pas que Garand soit présent. Même si nous ne l'éviterons, pas, je pense que s'il avait été là, nous aurions perdu du temps…
- Hum. Un peu grossier votre mensonge. Vous devriez bien savoir que Garand connaît votre existence…
- Oui, mais il croit que je suis Keziah…
- Et moi, comment allez-vous me convaincre que vous ne l'êtes pas ?
- Je ne pourrai jamais le faire. Mais si je l'étais encore, pourquoi serais-je venue vous voir ? Dans quel but ? À quoi cette rencontre pourrait servir Nyarlathotep ?
- Oui, peut-être… Mais de toute façon, vous portez le danger Keziah en vous.
- Oui, ce sera un problème à résoudre, et c'est aussi pourquoi je suis venue. D'abord pour vous proposer un Rite pour faire retourner le *Chaos rampant* dans son sommeil. Et c'est urgent !
- Allons voir HPL. Je veux son avis.
- Oui, bien sûr, mais pour réussir ce rite il nous faudra la force de tout le monde… Y compris

de Garand, même si je sais qu'on ne peut pas lui faire confiance…

- À qui le dites-vous ! »

Jean & Garand 2

L'église de Federal Hill était toujours là ! Elle était le passage obligé, l'étape obligatoire pour tous ces passages. Depuis qu'Anatole l'avait utilisée à ses dépens[8], elle était toujours en activité, il l'avait en quelque sorte activée.

C'était ennuyeux pour qui ne savait pas l'utiliser, mais Garand savait. Et le tétraèdre noir n'était plus dans le clocher, c'était Alice qui l'avait en sa possession, et elle l'avait toujours avec elle. Il ne pourrait pas faire d'interférences…

« Bon : Qu'est-ce qu'on fait maintenant ? Demanda Jean

- Je dois trouver le couloir aux miroirs. C'est comme le quai d'un train, il permet de choisir sa destination et de monter dans le bon *train* qui doit nous emmener où on veut.

- Et comment fais-tu pour choisir le bon quai et le bon train ? »

Garand ne répondit pas. Il ne connaissait pas la réponse. Mais il savait que le choix du miroir qu'il ferait serait dicté par la Trame et pas par lui-même. Mais comment expliquer cela à Jean ? Mais comment expliquer cela à Jean sans l'inquiéter et, du coup, compliquer les choses ?

Il éluda :

« OK ? Maintenant il faut trouver le couloir !

- Tu ne sais pas où il est ?

- Si, en gros, c'est-à-dire ici. Mais sa position change toujours dans ce vaste édifice, cette es-

---

[8] Voir « Ruines »

pèce de gare des voyages dans les couloirs du temps. Mais on va le trouver, t'inquiète !

-   Si tu le dis…
-   Allons-y… »

Ils étaient arrivés, comme d'habitude, dans un confessionnal en bois vermoulu, rongé par les vers. Ils en sortirent en cassant quelques panneaux qui tombèrent en poussière et se reconstituèrent immédiatement, mais restant toujours aussi vermoulus.

La dernière fois qu'ils étaient venus ici, cet arrêt du métro interstellaire se trouvait sur Titan.

« Il faut aller voir où nous sommes. »

Garand se dirigea vers l'entrée de l'église, là-bas, tout au fond, suivi par Jean. Ils poussèrent la lourde porte, car le petit portillon ne s'ouvrait pas. Et ils admirèrent le paysage : le ciel sombre et l'océan de méthane, avec au travers du brouillard, la superbe Saturne avec ses anneaux.

« Oui, nous sommes bien arrivés ici. Il faut que je me souvienne de ce qu'on pourrait appeler l'itinéraire pour aller sur Europe. Ici il n'y a pas de panneaux indicateurs… 'Souvenir' n'est pas le mot exact. Ce que j'appelle souvenir est en fait un mécanisme que vous appelleriez Psychique qui va guider mes pas. Il suffira de me suivre… »

Garand resta immobile un moment telle une statue et expliqua qu'il fallait descendre au sous-sol. Ils se dirigèrent vers le chœur où ils atteignirent une entrée d'escalier en colimaçon qui descendait dans les profondeurs.

Garand s'était laissé aller, il était devenu une marionnette possédée par ses Tuteurs, fantastiques être des autres dimensions et qui l'utilisaient comme acteur à leur service dans notre univers à nous.

Ils marchèrent ainsi dans des souterrains humides (mais c'était leur imagination qui leur dictait ces « sensations », car ici, après avoir passé le fond lumineux du puits de la colline ils n'étaient plus de chair et de sang. De quoi étaient-ils ? Personne ne le savait.

Ils traversèrent des cryptes innommables, des sépultures puant la charogne, des tunnels sans fin dont ils sortaient brusquement sans savoir ni comment ni pourquoi.

Jean, bien que très aguerri, et habitué des paradoxes des multivers, était terrifié. Ce qui le terrifiait c'était la marionnette qu'était devenu Grand. Il ne l'avait jamais vu comme ça. C'était l'indice que la situation était grave, très grave, terrifiante même. Il pensait à Alice. Il savait que Garand aussi même dans l'état où il se trouvait pensait à sa fille, à *leur* fille ? Était-il possible qu'ils fussent le père de la même fille ? Éternelle question, jamais résolue…

En attendant, il était prisonnier d'une situation quasi dégradante : condamné à suivre un pantin dans un inter escapes/temps, dans ces couloirs qui suivaient la Trame entre les milliards d'univers.

Alice 3

Alice jugea que sa mission était accomplie. Elle décida donc de rentrer, car elle avait la certitude que Cthulhu avait été transféré ici, où elle se trouvait. Et ce transfert n'avait pu être réalisé que par Nyarlathotep…

À son avis, la seule force capable d'affronter Nyarlathotep était Yog-Sothoth, ou Shub-Niggurath, peut-être… Il fallait éviter Azathoth, avec qui Nyarlathotep était toujours en contact…

Mais tout cela ne pouvait qu'attendre, car elle devait trouve le moyen de rentrer.

Pour cela elle devait remonter à la surface. Elle réalisa alors à quel point elle avait été imprudente. En effet, elle était entrée par une faille de la croûte solide de la Lune de Jupiter qui laissait passer des geysers de glace. Mais qui lui garantissait que cette faille, ce passage rocheux se maintenait à la même place ? Personne en fait.

Elle avait enregistré son parcours jusqu'à cet endroit précis de la cité de R'lyeh. Il était facile pour elle de retourner quasi instantanément où elle était arrivée après avoir traversé les dizaines de kilomètres de la croûte d'Europe au travers de la faille du désert..

Elle questionna Brown Jenkin : « Tu saurais, par hasard comment faire pour retourner d'où on vient si, par malheur, le puits d'arrivée avait été bouché ou s'était déplacé ?

« Nous sommes toujours liés avec les Solariens, non ?

- Non, je ne crois pas… Je ne ressens plus la liaison. Je l'explique, car le lien gravitationnel avec le Soleil est déjà très perturbé par l'énorme masse de Jupiter et de plus, nous sommes sous 170 kilomètres de roches étanches !

- Ah Zut ! P...in tu pouvais pas y penser avant ?
- T'inquiètes... Mon père saura nous venir en aide. Nous n'avons plus qu'à attendre ici... »

Elle n'osait pas utiliser sa pierre noire, ce tétraèdre maudit, devant cet animal...

Si ses sauveteurs tardaient trop, elle serait obligée d'y recourir...

Jean & Garand 3

Ils arrivèrent dans une crypte à la voûte translucide, de laquelle tombait une lumière verdâtre. Une ambiance à la Lucio Fulci…

La paroi cylindrique de ce lieu comportait une douzaine de portes en bois massif qui montraient toutes des sculptures blasphématoires.

Chacune représentait la possibilité d'accéder au monde d'un des dieux de la mythologie lovecraftienne.

Il suffisait de reconnaître le bon pour aller secourir Alice. Ce n'était pas trop compliqué en fait, elle se trouvait en compagnie du grand Cthulhu…

« Donc, cherchons un bas-relief représentant Cthulhu. » Soliloqua Garand sous le sourire ironique de Jean.

« Oh ! Ça va ! C'est pas la peine de te foutre de ma gueule !

- Si ! Ça vaut la peine ! » Assura cet impertinent.
- Bon, faisons le tour en partant chacun de son côté…
- OK je pars vers la gauche. »

Jean voyait défiler des représentations inouïes. Il regrettait de ne pas pouvoir prendre des photos. Mais il ne connaissait pas l'aspect des divinités représentées, donc il ne pouvait pas les reconnaître. Il connaissait seulement la forme de Cthulhu telle que HPL l'avait décrite. Donc, si ça tombait sur lui, il le reconnaîtrait. Garand, lui devait connaître tout cela, mais il se gardait bien de dire quoi que ce soit…

Top ! « Le voilà ! » Pensa-t-il… La face de poulpe était rassurante, oui, rassurante, car il était sûr que c'était lui, puis son corps bedonnant, ses longues ailes pointues et ses jambes de saurien…

Il avança la main pour toucher le bas-relief. Savoir si c'était du bois ou de la pierre ou quelque chose d'autre. Bien que son corps fût sous forme de longueurs d'ondes énergétiques, rien de ses sens n'était perdu. Au contraire, ils étaient exacerbés, ce qui rendait très pénible sa situation. Mais il résistait.

Sa main s'approcha de la surface de la porte. Cette dernière ondula et un tentacule se forma et bondit vers sa main. Il recula juste à temps avant d'être saisi.

Tout cela dura assez longtemps pour que Garand fût arrivé jusqu'à lui.

Il ricana : « Pas touche ! Ce n'est pas fait pour les enfants. Toucher c'est gâcher la marchandise…

- Ça va ! C'est bon. Alors, comment faire ?
- Comme toujours, les incantations, les Yog-Sothotheries, comme dit HPL… »

Il poussa Jean de côté et se planta devant le bas-relief et psalmodia :

Y'AI'NG' NGAH

YOG-SOTHOTH

H'EE – L'GEB

F'AI THRODOG

UAAAH !

La porte s'ouvrit instantanément sur une obscurité absolue, quasiment matérielle.

Garand entra d'un pas décidé, Jean attendit de voir. Ce qu'il vit ne le rassura pas : l'homme (mais était-il un être humain ?) disparut complètement en s'enfonçant dans cette « matière » noire.

Sa tête seulement réapparut pour dire à Jean : « Alors ? Tu viens ? »

Jean obtempéra.

Il se trouva soudain sous l'eau ! Sans se noyer puisqu'il n'était pas là sous forme physique telle que nous

l'entendons, nous Terriens. Mais sous forme ondula-
toire…

Et au milieu d'un paysage terrifiant : une cité cyclopéenne présente visiblement au fond de l'océan…

« Sommes-nous dans la cité de R'lyeh ?

- Oui répondit Garand. Dans le pacifique sud par
47°09' de latitude sud et 123°43' de longitude
ouest… Mais visiblement Cthulhu n'est plus
là…

- Alors attention à Nyarlathotep !

- Oui… »

À peine ces mots prononcés une vision d'apocalypse
s'imposa à eux…

« Tu vois ce que je vois, Interrogea Jean

- Oui, si c'est la même chose que toi, c'est terrifiant ! »

Ils se trouvaient dans une grande ville de la Terre. À
Moscou, semblait-il. Une ville en ruines ? Les rues jon-
chées de débris pierreux et de cadavres, des monceaux
de cadavres, certains assez frais, décomposés genre
zombie, d'autres déjà devenus squelettes…

Et une voix s'insinua dans leur esprit :

« Tu as invoqué Yog-Sothoth à un endroit où il ne fallait pas ! Tu vois-là ce que Nyarlathotep veut faire de la
Terre : un chaos à l'image de lui-même !

- Mais qui êtes-vous ? lança Garand, Jean restant
muet de terreur.

- Ça ne te regarde pas ! Poursuit ton chemin vers
Cthulhu, tu verras bien. N'est-ce pas là que tu
veux aller ? Ton invocation a fonctionné, je ne
peux pas m'y opposer. Va ! »

Et la vision disparut. Ils étaient toujours sous l'eau, dans
l'ignoble cité cyclopéenne de R'lyeh. Étaient-ils restés
sur Terre ?

Non ! Car ils aperçurent au loin la silhouette fantomatique d'Alice accompagnée du Familier de Keziah…

Tout avait marché : ils l'avaient rejointe.

Alice les avait aperçus. Elle s'approcha instantanément d'eux.

« Bigre ! Soliloqua Garand. Tu es pleine d'énergie ! »

Alice s'approcha de Jean et le prit dans ses bras, heureuse de retrouver son père. Ce qui ne manqua pas d'agacer Garand.

Ce dernier aperçut Brown Jenkin.

« Que fait ce sale rat ici ?

- Le Drac m'a imposé sa présence…

- Pas très bon tout ça. Va falloir se le trimbaler au retour ?

- Comment veux-tu l'en empêcher ?

- Est-ce toi qui vas organiser le retour, car on est coincé ici, la porte d'arrivée, un geyser de glace s'est bouchée ! »

La conversation se déroulait aux pieds du grand Cthulhu qui semblait commencer à bouger un peu, à frémir, comme dérangé dans son sommeil par des impudents qui parlaient à haute voix…

« Aïe, va falloir quitter les lieux rapidement ! Voilà le gros qui se réveille ! » Gémit le rat.

« Mais non, il ne se réveillera pas tant qu'il est sous l'eau à cette profondeur… »

Mais, néanmoins, ils devaient partir…

Alice questionna : « Pouvons-nous revenir sur vos pas, en suivant le même chemin dans l'autre sens ?

- Oui, je pense qu'en utilisant l'incantation miroir d'invocation de Yog-Sothoth on devrait y parvenir. En espérant que cela ne va pas l'énerver…

- Alors, vas-y ! »

Y'AI' NGAH
YOG-SOTHOTH
HEE – L'GEB
F'AI THRODOG
UAAAH

« J'espère que tu ne t'es pas trompé, s'inquiéta Alice. »

Garand ne répondit pas et attendait anxieusement.

Rien ne se passa...

Après un long moment d'angoisse, Jean s'inquiéta grossièrement :

« Merde ! Ça n'a pas marché ou quoi ?

- Il semblerait...
- Attendez... répondit Alice, regardez mieux, nous sommes toujours sous l'eau à grande profondeur, mais sur Terre cette fois, car on ne voit plus Cthulhu !
- Yep ! Qu'on est con ! s'exclama Jean.
- Je ne vous le fais pas dire, ricana Brown Jenkin...
- Alice, ici tu peux désormais utiliser la pierre noire... Nous devrons la regarder tous pour retourner à Espérance sans passer par l'église de Federal Hill. »

C'est ce qu'ils firent...

Il fallut trouver la bonne face du tétraèdre pour arriver au puits de la colline d'Espérance. Il leur fallut du temps, mais ils y parvinrent.

Quand Alice trouva la bonne face à regarder, elle le fit faire à chacun d'entre eux et ils arrivèrent un par un au fond du puits qu'ils escaladèrent facilement.

Une fois au pied de la margelle, Brown Jenkin s'éclipsa. Il voulait rejoindre le Drac. Mais il ignorait que sa maîtresse, la sorcière Vera, était dans les parages. Elle sentit immédiatement la présence de son Familier et lui donna l'ordre de la rejoindre. L'animal se soumit sans réserve. Il ne pouvait pas faire autrement, un Familier était l'esclave de sa sorcière.

Quand les autres arrivèrent au bout de leur étrange et douloureux voyage, Jean et Alice décidèrent de rejoindre Véronique et HPL. Garand préféra aller ailleurs. Il le fit comme un goujat, sans dire au revoir ce qui permit à Jean de le traiter de tous les noms. Quant à la disparition de Brown Jenkin, personne ne s'en inquiéta. Chacun pensait « bon débarras ». Hélas, ils allaient le retrouver très bientôt…

Véronique, Alice, Jean, Garand, Wilcox & Sonia…

Quand Véronique entendit la sonnette répétitive de l'interphone, elle courut pour répondre et se réjouit d'entendre la voix d'Alice ! Elle était revenue. Les hommes (si on pouvait appeler ainsi Garant) avaient réussi !

Ils se retrouvèrent tous dans l'appartement.

Véronique présenta Vera, son nom dans le civil étant Sonia Green, sans 'e' à la fin. Elle était accompagnée de son Familier. La mère d'Alice exposa les éléments de ce que lui avait dit Vera. Jean était légèrement sceptique et craignait le piège.

« Mais où est Garand ? demanda Vera, inquiète…

- Ce malotru est parti sans rien dire, explosa Jean
- C'est un problème ! Nous avons impérativement besoin de lui…
- Il a dû aller au commissariat. Il fait nuit. Je vais l'appeler, on va voir… »

Jean composa le numéro du commissariat et mit le haut-parleur. Et ce fut Garand lui-même qui répondit :

« Oui, ici Garand. C'est toi Jean ? »

Voilà qui agaçait considérablement ce dernier, surtout avec le ton moqueur que Garand avait employé.

« Oui, c'est moi ! Alors qu'est-ce que tu fais ? On a besoin de toi ici.

- C'est vous qui le dites…
- Ben oui, mais c'est vrai.
- Je sais, c'est pourquoi je le dis aussi… J'arrive. Je suis juste venu au commissariat pour vous amener quelqu'un, ou quelque chose.
- C'est quoi ?

-   Vous verrez. J'arrive dans cinq minutes. »

La sonnerie de l'interphone sonna pour la troisième fois
cette nuit. Garand arriva accompagné de Wilcox, ou de
ce qu'il en restait. Sonia le reconnut immédiatement et
l'interpella. Le zombie ne la reconnaissait pas.
Tout le monde constata que Sonia avait les larmes aux
yeux, mais Vera reprit vite le dessus, car son Familier
était venu se frotter à ses jambes…
Elle prit la parole pour diriger les opérations.
« Je suis Vera, une sorcière qui habite le corps de Sonia
Green. J'ai vécu dans ce corps les derniers moments de
la liaison de Sonia avec Wilcox, de son prénom Henry.
Cette liaison, à la fois torride et conflictuelle fait partie
de la stratégie du chaos de Nayalethotep. De même que
d'autres histoires d'amours contrariées, dont nous
n'avons ici qu'un faible aperçu. Le Chaos rampant se
nourrit de ces tensions humaines sentimentales, de ces
violences, comme il se nourrit des violences de la guerre
et des attentats.
Il accumule tout cela depuis des années, en ajoutant les
guerres et autres atrocités. Il est en train de procéder à
un bond qualitatif. Comme l'a écrit le philosophe En-
gels, l'accumulation de grandes quantités de terreur,
tensions, déceptions amoureuses violentes, guerres,
morts violentes, agressions, etc. a produit un bond qualitatif qui est en train de se produire : il va sortir de sa
léthargie ! Mais il n'a pas encore abouti. Il faut agir vite
avant qu'il ne soit trop tard.
Déjà, toute cette noire énergie l'a réveillé. Il a donc
transféré Cthulhu sur Europe et a commencé son travail avec moi, il est venu me voir en *Homme noir* avec
son sale livre, le Necronomicon, a tué le mari de Sonia
et a investi son corps avec l'esprit de la sorcière Vera. Il

a entraîné l'amant de Sonia a suicide et il prépare l'installation générale du Chaos sur cette planète comme il a réussi à le faire sur d'autres, faisant de Mars, par exemple une planète aride et sans vie. La sorcière Vera, donc moi en l'occurrence, a prêté allégeance au Chaos rampant. Mais elle a réussi à isoler cette allégeance alors que Nyarlathotep était en travail pour créer toutes ses horreurs. J'ai pu consulter le Necronomicon et je connais le rite pour que Nayrlathotep retourne d'où il vient. Cela ne peut réussir qu'à deux conditions : disposer de suffisamment d'énergie vitale et mentale de gens comme nous et avoir le concours de Yog-Sothoth, car Nyarlathotep, s'il est en lien direct avec Azathoth, est complètement coupé de Yog-Sothoth. Ce dernier est très jaloux de son pouvoir et s'il apprend les péripéties de Nyarlathotep sur Terre, il ne le laissera pas faire. Tout notre art sera de trouver un moyen de l'informer, sans qu'il sache d'où vient l'information. Pour cela j'ai trouvé un rite afin de le joindre sans qu'il détecte d'où cela vient, en lui montrant seulement ce qui se passe ici. Mais bien sûr, tout cela ne se fait pas comme je parle et comme vous m'entendez. Cela se passera autrement, vous n'y comprendrez peut-être pas grand-chose, mais par contre j'ai besoin de toutes nos énergies psychiques et mentales. Êtes-vous prêts ?

« Mais en quoi pouvons-nous vous faire confiance ? interrogea Véronique.

- Je ne peux pas répondre, je ne sais pas, vous devez me faire confiance…

- Faisons-là ausculter par Howard peut-être ? Propose Jean. Alice approuve.

- Qui est ce Howard ? Demande Vera.

- Howard Phillips Lovecraft, répond Alice. Il est avec nous.

-   C'est une longue histoire. Suivez-moi, je vais vous présenter. »

Ils changèrent de pièce en passant par une terrasse commune, comme d'habitude. Les ordinateurs de HPL tournaient, les disques durs vrombissaient. L'écrivain était en plein travail. Il a sursauté mentalement quand Alice l'interpella.

« Bonjour Howard ! »

Le bonjour était de rigueur, car nous approchions du petit matin. Les autres avaient suivi les deux femmes et tout le monde était à l'étroit dans cette petite pièce surchauffée par les appareils.

« Bonjour, Alice, répondit HPL. Vous êtes bien nombreux. Il y a une charmante jeune femme que je ne connais pas…

-   C'est Vera. Une sorcière blanche qui occupe le corps d'une dénommée Sonia Green…
-   Sonia Greene ????
-   Oui, mais ce n'est pas la tienne, elle n'a pas de 'e' à la fin de Green…
-   Ah bon ! L'émotion commençait à m'envahir.
-   Sonia/Vera va t'expliquer ce qu'elle veut faire. Tu nous diras, si tu le peux, si nous pouvons lui faire confiance…
-   J'imagine qu'elle va me parler de Nyarlathotep ?
-   Ah !? Comment le sais-tu ?
-   Je me suis initié au darknet, ou darkweb, comme vous vouez. Et j'y ai découvert que Nyarlathotep y a commencé une emprise certaine.
-   Oui, et c'est de là qu'il a lancé ses filets sur la Terre entière déclenchant un début de Chaos…

- Oui, comme je l'ai écrit, ceux qui connaissent Nyarlathotep assistent à des spectacles, pour les autres, invisibles.[9] Je vous écoute ! »

Vera fut contrainte de recommencer son exposé. Ce qui permit d'ailleurs à celles et ceux qui l'avaient déjà entendu de vérifier si elle exposait la même version. Ce fut le cas.

L'exposé terminé Lovecraft parla :

« Oui. J'ai noté ces événements terribles et chaotiques qui bouleversent la planète entière. La situation est grave. Si Nyarlathotep a transféré Cthulhu sur Europe c'est parce qu'il ne compte plus sur lui sur cette Terre. Il a pris les choses en main lui-même. Elle a raison, il faut agir et vite et ne pas perdre de temps…

« Nous devons tous nous rendre sur la colline, près du puits. C'est là que notre action sera la plus efficace. Je vous expliquerai là-haut comment procéder. Depuis la nuit des temps, sur ce site, les prêtres des Anciens ont élevé les « pierres » et gravé les signes pour les faire venir. Je connais les Rites et ce lieu que j'ai fréquenté lorsque j'étais Keziah, mais pas dans le même but que le nôtre aujourd'hui, ne vous inquiétez pas.

Malgré les encouragements de HPL, tout le monde était inquiet… Garand se tenait prêt à utiliser éventuellement ses pouvoirs, Alice à plonger dans le puits et Jean avait emmené son miroir de poche pour y pénétrer s'il fallait réagir…

Elle chercha la meilleure position et se plaça debout à l'endroit choisi, elle demanda aux autres de l'entourer à une distance bien calculée pour former un cercle d'énergie vitale, psychique et mentale. Et là elle disposait vraiment de quoi faire !

---

[9] In « Nyarlathotep" par HPL

Pour attirer l'attention de Yog-Sothoth, elle commença par parler de Nyarlathotep, en utilisant le chapitre qui lui est consacré dans le Necronomicon.

« J'entends le chaos rampant qui appelle d'au-delà des étoiles. Et ils créèrent Nyarlathotep qui serait leur messager, et ils l'habillèrent de chaos pour que sa forme soit toujours cachée au milieu des étoiles.

Qui connaîtra le mystère de Nyarlathotep ? Il est le masque et la volonté de Ceux qui existaient avant le début des temps. Il est le prêtre de l'Éther, Celui qui demeure dans les Airs et possède de nombreux visages dont personne ne se souviendra. Les vagues gèlent devant lui ; les dieux craignent Son évocation. Il murmure dans les rêves des hommes et pourtant, qui connaît Sa forme ? »

Puis, elle évoqua Yog-Sothoth.

« Parce que Yog-Sothoth est la Porte
Il sait d'où sont venus les Anciens
Dans le passé et d'où ils viendront
À nouveau lorsque le cycle recommencera. »

Puis, elle sortit de son vêtement le cimeterre mystique de Barzaï et traça avec le cercle d'évocation en fit trois fois le tour de droite à gauche, se tourna vers le sud, elle prononça la conjuration et l'incantation, fit les signes nécessaires, prononça les mots nécessaires, traça le pentagramme du Feu et conclut : « Venez Yog-Sothoth, venez ! »….

Alors que le soleil commençait à dépasser de l'horizon à l'est, alors que ce rite pouvait avoir lieu, car l'astre de lumière se trouvait dans la cinquième maison avec Saturne en trin aspect.

Le silence se fit. Une profonde noirceur se forma au-dessus du cercle des officiants en une espèce de dôme qui les rendit toutes et tous aveugles pendant un instant sous un silence de plomb, puis un cliquetis se fit entendre… Et tout à coup le dôme disparut, le soleil levant éclaira la scène : tous les officiants étaient allongés les pieds dirigés vers le centre du cercle où la sorcière se tenait toujours debout.

Les autres se relevèrent, visiblement en bonne santé, mais comme perdus, effrayés par ce qu'ils ont vu ou cru voir, effrayés par ce qu'ils ont entendu ou cru entendre.

Alice la première se précipita vers Sonia pour la réconforter ou lui venir en aide.

« Ma pauvre Sonia ! Que s'est-il passé ? Qu'est-il arrivé ?

- Tout s'est bien passé. Yog-Sothoth a été informé et a agi. Pour nous cela n'a duré qu'une fraction de seconde, mais lui a mené un long combat avec Nyarlathotep pour le soumettre. Il n'aurait pas dû agir sur la Terre sans un ordre de Yog-Sothoth.

- Et Nyarlathotep a été neutralisé ?

- On pourrait le dire ainsi. Mais il n'a pas disparu de la circulation, évidemment. Il s'est juste rendormi, jusqu'à la prochaine fois… Yog-Sothoth a annulé toute l'œuvre de Nyarlathotep ! »

Alice regarda le fleuve et la ville sous la lumière du soleil levant : le pont était de nouveau debout, indemne, le port pétrolier également ainsi que tous les immeubles riverains du fleuve.

« Il faut bien comprendre que Yog-Sothoth n'a annulé que les œuvres de Nyarlathotep. Ne soyez pas déçus si certaines mauvaises nouvelles sont restées des mauvaises nouvelles, car Yog-Sothoth ne rétablit pas ce que le Destin a rompu…

Dans l'appartement où siégeait HPL, Wilcox, le zombie qui y était resté prostré, avait disparu.

Wilcox & Sonia

Sonia, après avoir pris congé, descendit de la colline, rejoignit sa voiture, démarra fébrilement et se se dirigea vers son appartement.

Elle savait que son mari serait de retour. Ou plutôt serait de nouveau comme il était avant.

Elle avait pris des décisions le concernant.

Lorsqu'elle arriva en ce petit matin, il l'attendait et commença à gueuler quand elle arriva.

Elle ne répondit rien et prononça une Réquisition pour lui faire oublier le passé avec elle, sa relation avec elle.

Cela fonctionna à la perfection. Elle le quitta alors qu'il se trouvait dans une phase intermédiaire, pas encore et déjà…

Quand elle eut claqué la porte de l'appartement, alors qu'elle descendait les escaliers, il sifflotait en préparant son café. Il avait tout oublié d'elle. Auparavant, avant ces événements, elle avait pris soin d'enlever tout objet en relation avec elle. Il ne restait plus rien d'elle dans l'appartement.

Désormais elle se dirigeait vers l'amour de sa vie. L'amour de sa nouvelle vie : Wilcox.

Quand ce dernier entendit la sonnerie à la porte, il bondit pour ouvrir.

Sonia était là devant lui, souriante :

« Je peux entrer ? », dit-elle en faisant un pas en avant sans attendre la réponse.

Il s'écarta pour lui céder le passage et une fois la porte refermée sur eux il la prit par la taille et ils entamèrent un long, tendre, passionné processus amoureux, charnel, corps contre corps, bouche contre bouche, yeux dans les yeux….

« Fais-moi jouir ! » Exigea-t-elle.

Journal de Wilcox 7 : épilogues

J'ai fait un rêve l'autre jour. En ce moment je fais beaucoup de rêves. J'étais à table tout seul entre deux couples et je me sentais gêné… Le sens crève les yeux !

L'autre nuit j'ai rêvé d'une gigantesque araignée au coin du plafond. Chacune de ses pattes était elle-même une autre araignée ! Elle ne tissait pas de toile.

Je prenais le train dans l'une des gares de la ville, celle qui était proche des lieux de mon enfance. J'avais une grosse liasse de billets de banque et un ordinateur. Le wagon s'ouvrait par l'arrière. J'ai eu du mal à ouvrir le portillon et le train partit avant que je ne réussisse à monter dedans. Puis je me trouvai devant un escalier qui montait très haut à une autre gare… J'y arrivai. La gare était très vieille et très dégradée. Les gens étaient en blouse grise. Une femme me maquilla avec une houppette et je protestai en disant qu'il ne fallait pas trop en mettre. Puis un autre me dit que j'avais le téléphone. Je téléphonai, mais j'avais du mal à taper les numéros…

Je faisais des rêves nombreux la nuit. J'en faisais encore où j'étais dans un vaste endroit complexe plein de gens et je cherchais des toilettes, mais elles étaient toutes immondes, pleines de merde et je devais aller ailleurs… Quand j'ai raconté ce rêve à Sonia, elle a trouvé l'explication : « Tu te fais chier avec tous ces gens ! »

On était une équipe sur un haut plateau à faire un travail et on est descendus en voiture. Ce n'était pas moi qui conduisais. Le conducteur manifesta de la mauvaise humeur, car il manquait une pièce à la voiture et on l'avait oubliée en haut. On devait s'arrêter et on ne pouvait pas y retourner. Je me portai volontaire pour monter... J'attaquai une montée par de très étroites ruelles genre Casbah et je me suis un peu perdu. Alors que je demandai mon chemin à une femme, elle m'amena vers un prêtre, qui ressemblait à la fois à un curé et à un imam... Ce dernier se proposa pour me guider... Je le suivis ainsi que la femme, mais à un moment le passage était bouché alors que mes guides étaient passés ! J'étais perdu ! Et je me réveillai en sursaut...

J'étais perdu dans une ville en ruines, plutôt une gigantesque place sur laquelle des enfants jouaient. Je tentai de sortir de cette place pour retrouver le centre-ville. Je demandai aux enfants s'ils savaient où était le centre-ville, s'ils avaient vu au loin (on était dans les hauteurs de la ville) la flèche de la cathédrale. Mais non. Puis un groupe d'adultes est arrivé, avec beaucoup de femmes. Je demandais la même chose à l'une d'entre elles qui rit en disant qu'elle ne savait pas de quoi je parlais... Je me réveillais très angoissé...

C'était un anniversaire : un jour, alors que nous embrassions langoureusement, elle me dit : « Je t'aime ; tu es à moi toute seule... »
Le lendemain elle m'offrit un stylo de luxe avec l'inscription de la date de ma déclaration d'amour, le surlendemain (un vendredi) elle me dit des tas de « je t'aime » entre midi, au téléphone, et le samedi, jour de mon anniversaire, elle rompit !
Ça s'appelle la douche écossaise...

« Les Gorgones, les Hydres et les Chimères - sinistres légendes de Celaeno et des Harpies - peuvent se reproduire dans le cerveau de la superstition – mais elles y étaient déjà. *Ce sont des transcriptions, des types – les archétypes sont en nous, et ils sont éternels. Sinon comment le récit de ce que nous savons faux à l'état de veille pourrait-il en rien nous affecter ? Serait-ce que ces objets nous inspirent une terreur naturelle dans la mesure où nous les jugeons capables de nous infliger un dommage corporel ? Oh ! Point du tout !* Ces terreurs sont d'origine plus ancienne. Elles datent d'avant le corps – et sans le corps, elles eussent été de même... *Que la sorte de crainte dont nous traitons ici soit purement spirituelle – qu'elle soit d'autant plus forte qu'elle n'a point d'objet sur Terre, qu'elle prédomine dans le temps de notre enfance sans péché – autant de problèmes dont la solution pourrait permettre quelque aperçu vraisemblable de notre condition préterrestre, et un coup d'œil au moins dans le pays ténébreux de la préexistence. »*

Charles Lamb
Des sorcières et autres craintes nocturnes
Cité par Howard Phillips Lovecraft en introduction de son livre ***L'abomination de Dunwich***

Yog-Sothoth et Lavinia Watheley engendrèrent « eun' pieuvre, un mille-pattes, eun' araignée comme qui dirait »
Extrait de ***L'abomination de Dunwich***

Pth'thya-l'yi

Table des matières